AS PALAVRAS ANDANTES

Livros do autor publicados pela **L&PM** EDITORES:

Amares
Bocas do tempo
O caçador de histórias
De pernas pro ar: a escola do mundo ao avesso
Dias e noites de amor e de guerra
Espelhos – uma história quase universal
Fechado por motivo de futebol
Os filhos dos dias
Futebol ao sol e à sombra
O livro dos abraços
Mulheres
As palavras andantes
O teatro do bem e do mal
Trilogia "Memória do fogo" (Série Ouro)
Trilogia "Memória do fogo":
Os nascimentos (vol. 1)
As caras e as máscaras (vol. 2)
O século do vento (vol. 3)
Ser como eles
Vagamundo
As veias abertas da América Latina

EDUARDO GALEANO

AS PALAVRAS ANDANTES

Com gravuras de J. Borges
Tradução de Eric Nepomuceno

L&PM EDITORES

A L&PM Editores agradece à Siglo Veintiuno Editores pela cessão da capa e das ilustrações internas deste livro.

Texto de acordo com a nova ortografia.

Título original: *Las palabras andantes*
Este livro foi publicado em formato 16x23cm em 1994
Esta reimpressão: primavera de 2024

Tradução: Eric Nepomuceno
Capa: Tholön Kunst
Gravuras: J. Borges
Projeto gráfico: Eduardo Galeano
Revisão: Marianne Scholze

CIP-Brasil. Catalogação na publicação
Sindicato Nacional dos Editores de Livros, RJ

G15p

Galeano, Eduardo, 1940-2015
As palavras andantes / Eduardo Galeano; gravuras de J. Borges; tradução Eric Nepomuceno. – Porto Alegre, RS: L&PM, 2024.
328 p. : il. ; 21 cm.

Tradução de: *Las palabras andantes*
ISBN 978-85-254-3272-8

1. Ficção uruguaia. I. Borges, J. II. Nepomuceno, Eric. III. Título.

15-24219 CDD: 868.9938953
CDU: 821.134.2(899)-3

Rua Comendador Coruja, 314, loja 9 – Floresta – 90.220-180
Porto Alegre – RS – Brasil / Fone: 51.3225.5777

Pedidos & Depto. comercial: vendas@lpm.com.br
Fale conosco: info@lpm.com.br
www.lpm.com.br

Impresso no Brasil
Primavera de 2024

Visto de perto, ninguém é normal.
Caetano Veloso

O autor agradece as sugestões de Pepe Barrientos, Susana Iglesias, Iván Kmaid, Mariana Mactas, Eric Nepomuceno, Mercedes Ramírez e Chola Riccetto, que tiveram a paciência de ler a versão original.

Este livro
é dedicado
a Helena Villagra

Janela sobre este livro

Uma mesa remendada, velhas letrinhas móveis de chumbo ou madeira, uma prensa que talvez Gutenberg tenha usado: a oficina de José Francisco Borges na cidadezinha de Bezerros, no interior do nordeste do Brasil.

O ar cheira a tinta, cheira a madeira. As pranchas de madeira, em pilhas altas, esperam que Borges as talhe, enquanto as gravuras frescas, recém-impressas, secam dependuradas no arame de um varal. Com sua cara talhada em madeira, Borges me olha sem dizer nada.

Em plena era da televisão, Borges continua sendo um artista da antiga tradição do cordel. Em minúsculos folhetos, conta causos e lendas: ele escreve os versos, talha as pranchas, imprime as gravuras, carrega os folhetos nos ombros e os oferece nas feiras, de povoado em povoado, cantando em ladainhas as façanhas das pessoas e dos fantasmas.

Eu vim à sua oficina para convidá-lo a trabalhar comigo. Explico meu projeto: imagens dele, suas artes da gravura, e palavras minhas. Ele se cala. Eu falo e falo, explicando. Ele, nada.

E assim continuamos, até que de repente percebo: minhas palavras não têm música. Estou soprando em flauta rachada. O não nascido não se explica, não se entende: se sente, se apalpa quando se move. E então deixo de explicar; e conto.

Conto para ele as histórias de espantos e encantos que quero escrever, vozes que recolhi nos caminhos e sonhos meus, de tanto andar acordado, realidades deliradas, delírios realizados, palavras andantes que encontrei – ou fui por elas encontrado.

Conto a ele os contos; e este livro nasce.

História dos sete prodígios

Nunca houve mulher tão difícil nem homem mais mago entre a boca do rio das Amazonas e a Bahia de Todos os Santos.

Sete prodígios teve que cumprir José para ganhar os favores de Maria.

O pai de Maria disse:

– É um morto de fome.

Então José abriu em pleno ar uma toalha de rendas, feita por mão de ninguém, e ordenou:

– Ponha-se, mesa.

E um banquete de muitas travessas fumegantes foi servido por ninguém sobre a toalha que flutuava no nada. E aquilo foi uma alegria para as bocas de todos.

Mas Maria não comeu nem um grão de arroz.

O rico do lugar, senhor de terra e de gente, disse:

– É um pobretão de merda.

Então José chamou sua cabra, que chegou pulando de lugar nenhum, e ordenou:

– Cague, cabra.

E a cabra cagou ouro. E houve ouro para as mãos de todos. Mas Maria virou as costas para o fulgor.

O noivo de Maria, que era pescador, disse:

– De pesca não entende nada.

Então José, da beira do mar, soprou. Soprou com pulmões que não eram seus pulmões, e ordenou

– Seque, mar.

E o mar se retirou, deixando a areia toda prateada de peixes. E os peixes transbordaram das cestas de todos.

Mas Maria tapou o nariz.

O finado marido de Maria, que era um fantasma de fogo, disse:
– *Vou fazê-lo virar carvão.*

E as chamas atacaram José por todos os lados.

Então José ordenou, com voz que não era sua voz:

– *Fogo, me refresque.*

E se banhou na fogueira. E todo mundo ficou de olho arregalado.

Mas Maria fechou as pálpebras.

O padre do lugar disse:
– *Merece o inferno.*

E declarou José culpado de bruxaria e de pacto com o demônio.

Então José agarrou o padre pelo pescoço e ordenou:

– *Estique-se, braço.*

E o braço de José, que já não era mais seu braço, levou o padre para os ardentes abismos do universo. E todos ficaram com a boca aberta.

Mas Maria gritou de horror. E, num piscar de olhos, o longuíssimo braço trouxe de volta o padre chamuscado.

O policial disse:
– *Merece cadeia.*

E partiu para cima de José, cassetete na mão.

Então José ordenou:

– *Bata, cassetete.*

E o cassetete do guarda bateu no guarda, que saiu correndo, perseguido por sua própria arma, e sumiu de vista. E todos riram. E Maria também.

E Maria ofereceu a José uma folha de louro e uma rosa branca.

O juiz disse:
– *Merece morrer.*

E José foi condenado por desacato, violação do direito de propriedade do pai sobre a filha e do morto sobre a viúva, atentado contra a ordem, agressão à autoridade e tentativa de padrecídio.

E o carrasco ergueu o machado sobre o pescoço de José, que estava com mãos e pés amarrados.

Então José ordenou:

– *Aguente, pescoço.*

E o machado desceu, e o pescoço o despedaçou.

E foi uma festa para todos. E todos celebraram a humilhação da lei humana e a derrota da lei divina.

E Maria ofereceu a José um pedaço de queijo e uma rosa vermelha.

E José, vencedor despido, vencedor vencido, sentiu seus joelhos tremerem.

Janela sobre a palavra (I)

Os contadores de história, os cantadores de história, só podem contar enquanto a neve cai. A tradição manda que seja assim. Os índios do norte da América têm muito cuidado com essa questão dos contos. Dizem que quando os contos soam, as plantas não se preocupam em crescer e os pássaros esquecem a comida de seus filhotes.

História da justiceira e do arcanjo no palácio das pecadoras

Senhor escritor:

Escrevo movida não pela admiração, mas pela piedade que sua escassa inspiração e sua imaginação de curto voo me inspiram. Em sua prosa, tão correta como incapaz de surpresa, o leitor nunca encontra nada além do já lido.

Esta carta lhe oferece a oportunidade de fazer brilhar seu talento, habitualmente invisível aos olhos do público, e se é que o senhor o tem, escondido em algum lugar. Creia em mim quando lhe garanto que não se necessita ser um gênio para cozinhar uma boa história com todos os ingredientes que estou dando-lhe de presente. O senhor se perguntará: E por que o presente é para mim, e não para

outro? Em primeiro lugar, porque alguém me deu seu endereço. Em segundo lugar, porque os escritores que valem a pena descansam alguns palmos debaixo da terra, onde o carteiro não chega.

Vamos começar pelo cenário: o bordel de Comayagua, instalado no alto de uma colina, numa torre branca que tocava as estrelas. Lá embaixo, ficava a igreja. A população toda acudia às missas e procissões, metade da população acudia ao bordel; e assim Comayagua bocejava seu destino.

Se por acaso lhe for de alguma utilidade, transcrevo a opinião das senhoras decentes, tal e qual foi sintetizada por um viajante da época: *Aqui começou com o baile agarradinho, quando chegou a Independência. Nos tempos dos espanhóis dançava-se solto e sem se tocar, o minuê da França, a jota, de Aragão...*

O bordel pertencia ao coronel Idilio Gallo. As raparigas trabalhavam dia e noite, sem um momento de descanso. O coronel Idilio espremia sua juventude até a última gota. Quando não tinham mais suco, ele as devolvia para a rua. Rogo-lhe que não se estenda demais neste ponto, senhor escritor, levando-se em conta sua tendência ao panfleto, e permita o quanto antes a entrada em cena de Calamity Jane. Afinal, e ainda que o acordo deixasse a desejar, as raparigas do coronel Idilio Gallo não passavam tão mal – se as compararmos com a vida dos demais sapos que coaxavam no fundo do poço daquela cidadezinha decadente.

Calamity Jane chegou meio destrambelhada, tombada no lombo de seu cavalo Satã. Vinha do Velho Oeste, perseguida pelos ecos dos tambores apaches. Havia atravessado as montanhas de três países, guiada pelos reflexos de seu anel de diamantes nas paredes de rocha. Calamity trazia aquele anel, que desapareceu na primeira noite, e também sua longa fama de coração de mãe e mão obrigada a matar, gatilho alegre, laço infalível, cartas marcadas.

As meninas lhe deram refúgio, sem que o coronel Idilio soubesse. Ela dormiu uma semana. Quando despertou, encarou-o:

– *O chapéu* – disse ela.

Era vez de descobrir a cabeça, o coronel Idilio, que pouco tinha de cavalheiro, afundou o Stetson até as orelhas. Calamity sacou do seu Colt e, com um tiro só, mandou o chapéu pelos ares.

E a tiros manteve o chapéu no ar. Quando o chapéu aterrissou, transformado em peneira, o coronel Idilio deixou escapar um gemido e Calamity soprou a fumaça do cano do revólver:

– *Foi por isso que saí de Rapid City* – disse. – *Mata-se muito naquela merda.*

A menção das marcas, Colt, Stetson, lhe parece superficial? Não me surpreende; mas um escritor profissional deveria saber que, numa narração verossímil, o tudo está no que parece nada. E aliás, sugiro ao senhor que leve em conta que Calamity também usava um rifle Springfield, e não o fuzil Winchester que alguns ignorantes lhe atribuem.

Continuemos. Jogaram pôquer. As apostas subiam enquanto as garrafas de rum da Jamaica desciam, até que o coronel Idilio perdeu o bordel e todo o resto. E então aquele homem mandão e impiedoso não se defendeu. Sem pestanejar aceitou sua ruína, com aquele fatalismo dos Gallo, estirpe de sentinelas, que nos terremotos sentavam-se para esperar que a casa caísse em cima deles. Calamity deu-lhe uma carta de recomendação para o circo de Buffalo Bill. Sem outra coisa no bolso, ele se disfarçou de cacique pele-vermelha, posou de perfil para os retratos e morreu de pneumonia.

O bordel, que havia sido frio como um hospital e duro como um quartel, encheu-se de pássaros e violas e plantas e cores. As pernas só eram abertas a partir do crepúsculo, e enquanto durasse a noite. Durante o dia, e até a primeira badalada do angelus, abriam-se as orelhas. Essa ideia veio da experiência. As meninas haviam aprendido que todo macho pelado esconde um náufrago que suplica amparo. O confessionário teve tanto êxito que transbordou de multidões que acudiam da inimiga cidade de Tegucigalpa e de todos os lugares. Pelas ladeiras da colina viam-se longas filas de homens, esperando a vez para contar dúvidas e segredos, medos guardados, sonhos e pesadelos. A igreja não competia. Os padres, como o senhor sabe, só recebem a confissão dos pecados, que é o que as pessoas menos necessitam confessar.

Enquanto isso, Calamity se encarregava de arranjar os papéis com o senhor Governo. Havia inaugurado vestido, ela que sempre vestia calças compridas. Na liga, debaixo da saia, guardava uma baioneta Colling, e o dinheiro, no sutiã.

– *Que seja num envelope* – exigiu o senhor Governo, quando Calamity deslizou um punhado de notas quentinhas. E um decreto exonerou o bordel de impostos, por tratar-se de uma cooperativa

sem fins lucrativos, e proibiu a instalação de novos lenocínios em todo o território nacional.

E naquele ano de louca prosperidade chegou o arcanjo. Segundo a tradição, o palácio das pecadoras fechava suas portas todas as sextas-feiras de Quaresma. E segundo a tradição, quando Jesus Nazareno havia percorrido, nos ombros das beatas, a rua do Calvário, e já soavam os últimos ecos dos cânticos da paixão e as rezas da Via Crúcis, um cavaleiro sem cabeça surgia, a galope, da boca da noite. O cavalo chutava as portas do bordel, lançando relinchos horripilantes, e depois de riscar as portas se afastava, perseguido por fumaça de enxofre e redemoinhos de temporal. Então, segundo a tradição, uma das ovelhas extraviadas se arrependia e chorando abandonava a luxúria para iniciar vida honesta.

Naquela sexta-feira, como todos os anos, o cavaleiro sem cabeça atropelou, cego de fúria, mas as portas estavam abertas de par em par. O cavalo negro atravessou o bordel e se perdeu na distância: o cavaleiro rodou pelo chão, chocou-se contra um abajur Tiffany e estatelou-se contra a parede. Despertou nos braços da mulher:

– *Escute aqui, minha senhora* – protestou.

– *Senhorita* – corrigiu Calamity Jane.

O cavaleiro era um arcanjo, um anãozinho de idade avançada, com nariz vermelho e voz de menino, que Deus disfarçava de diabo decapitado para botar medo nas moças de vida licenciosa.

Houve relâmpagos e chuva durante toda a noite e o mundo amanheceu mais luminoso que nunca. A manhã surpreendeu o arcanjo em pleno banho de assento, metido numa tina de leite de mamão verde. O coitadinho havia machucado o rabo quando a corda que o baixou do céu arrebentou. Ao seu lado, Calamity, com a boca aberta, deixava-o trabalhar. Com mel e canela, o arcanjo estava limpando a língua de Calamity, suja de procazes maldições.

Por favor, estou rogando, não me ofenda perguntando se esta história aconteceu. Eu estou oferecendo-a para que o senhor faça dela o que melhor lhe aprover. Não lhe peço que descreva a chuva daquela noite da visitação do arcanjo: exijo que o senhor me molhe. Decida-se, senhor escritor, e pelo menos por uma vez seja a flor que perfuma em vez de ser o cronista do aroma. Escrever o que se vive é coisa de pouca ou nenhuma graça. O desafio está em viver o que se escreve; e na sua idade já vai sendo hora de que o senhor fique sabendo.

Prossigo. Como o senhor poderá se informar pela iconografia existente, os arcanjos não têm sexo, mas têm barriga. Se Adão havia sucumbido por uma vulgar maçã, como não iria sucumbir o arcanjo? O bordel ofereceu a ele as delícias de seu pomar: a dourada carne de manga, o hálito embriagador do maracujá, a frescura do abacaxi, as suavidades da fruta-do-conde e do abacate.

E como todo mundo sabe, os arcanjos têm alma; e a alma necessita de confissão, mesmo que não peque. Calamity falava mal do Velho Oeste, e o arcanjo se queixava do Céu. De dia, o chocolate lhes fazia companhia; de noite, o rum. Ela dizia que se fosse dona de Wyoming e do inferno, alugaria Wyoming e moraria no inferno;

e ele dizia que havia passado a eternidade servindo ao Senhor no Paraíso, nas mais pesadas das tarefas, e o ingrato pagava mandando-o à Terra para redimir putas e bêbados. Ela contava confidências escabrosas do general Custer e do xerife Wild Bill Hickok, e ele se desafogava dos assessores do Altíssimo; e conversando descobriam que haviam passado a vida sozinhos, e que não sabiam.

Em algumas tardes, Calamity levava o arcanjo para passear pelas ruas de Comayagua, num carrinho de bebê. Andavam muito vaidosos, invulneráveis ao rancor e à inveja. Eram perseguidos pela línguas malvadas dos anti-imperialistas, dos ateus e dos advogados da virtude e dos bons costumes, enquanto os céticos, que nunca faltam, trocavam cotoveladas entre si cochichando: Como é que Calamity Jane não entende nenhuma palavra de inglês? Que diabos de arcanjo é este, que não tem asas, nem espada de fogo, e não sabe nem um pingo de latim? Por que os dois falam com um sotaquezinho que é daqui mesmo?

Não sei se foi: eu só sei que merecia ter sido. O resto é o resto, e ponto. O tempo apagou todas as pegadas. Cabe imaginar que o arcanjo estava na melhor, a vida era muito mais divertida que a salvação; mas também pode-se supor que Calamity, com o passar do tempo, tenha se cansado daquilo tudo. Pode-se supor que naquele palácio, coberto de espelhos que a delatavam, ela já não encontrasse refúgio para se esconder de seus anos. Que o bordel estava em plena glória, com a Orquestra Sinfônica Nacional tocando até o amanhecer, e que certa noite Calamity dançou a dança do ventre, nua debaixo de gazes púrpuras, e o público gargalhou e ela segurou as lágrimas. E que, no dia seguinte, foi embora. Foi embora sem se despedir, quando ninguém estava vendo. Seu cavalo, Satã, ajoelhou-se para ajudá-la a montar. Ela não voltou para o norte, rumo à origem; continuou viagem para o sul, rumo ao destino. Alguém haverá de ter escutado, entre duas luzes, o ruído dos cascos e o assovio. Ela assoviava. Para se acompanhar? Para se dar coragem? O senhor decide.

E o arcanjo? Calamity Jane levou-o no colo? Voltou para o céu, ou tentou voltar? Converteu-se, macho enfim, num novo Idilio Gallo? Nem se dê ao trabalho de perguntar. Ninguém saberá lhe responder, em Comayagua ou qualquer outro lugar deste planeta. Sinto muito, senhor escritor, mamífero plumífero: o senhor não tem outro remédio a não ser inventar.

Aceite o abraço cordial da

(assinatura ilegível)

Janela sobre a palavra (II)

No Haiti, não se pode contar histórias de dia. Quem conta de dia merece desgraça: a montanha jogará uma pedra em sua cabeça, sua mãe só conseguirá andar de quatro.

Os contos são contados de noite, porque na noite vive o sagrado, e quem sabe contar conta sabendo que o nome é a coisa que o nome chama.

Janela sobre a palavra (III)

Em guarani, ñé ~ e significa "palavra" e também significa "alma". Creem os índios guaranis que os que mentem a palavra, ou a dilapidam, são traidores da alma.

História do lagarto que tinha o costume de jantar suas mulheres

Na margem do rio, oculta pelos juncos, uma mulher está lendo. Era uma vez, conta o livro, um senhor de vasto senhorio. Tudo pertencia a ele: a aldeia de Lucanamarca e o de mais para cá e o de mais para lá, os animais marcados e os não marcados, as pessoas mansas e as zangadas, tudo: o cercado e o baldio, o seco e o molhado, o que tinha memória e o que tinha esquecimento.

Mas aquele dono de tudo não tinha herdeiro. Sua mulher rezava todos os dias mil orações, suplicando a graça de um filho, e todas as noites acendia mil velas.

Deus estava cansado dos rogos daquela chata, que pedia o que Ele não tinha querido dar. E finalmente, para não ter de continuar escutando, ou por divina misericórdia, fez o milagre. E chegou a alegria do lar.

O menino tinha cara de gente e corpo de lagarto.

Com o tempo o menino falou, mas caminhava se arrastando sobre a barriga. Os melhores professores de Ayacucho ensinaram o menino a ler, mas seus dedos feito garras não conseguiam escrever.

Aos dezoito anos, pediu mulher.

Seu opulento pai conseguiu uma para ele; e com grande pompa foi celebrado o casamento, na casa do padre.

Na primeira noite, o lagarto lançou-se sobre sua esposa e devorou-a. Quando o sol despontou, no leito nupcial havia apenas um viúvo dormindo, rodeado de ossinhos.

E depois o lagarto exigiu outra mulher. E houve novo casamento, e nova devoração. E o glutão precisou de mais uma. E mais.

Noivas, era o que não faltava. Nas casas pobres, sempre havia alguma filha sobrando.

Com a barriga acariciada pela água do rio, Dulcídio dorme a sesta. Quando abre um olho, vê a mulher. Ela está lendo. Ele nunca havia visto, na vida, uma mulher de óculos. Dulcídio aproxima o nariz:

– *O que você está lendo?*

Ela afasta o livro e olha para ele, sem susto, e diz:

– *Lendas.*

– *Lendas?*

– *Velhas vozes.*

– *E para que servem?*

Ela sacode os ombros:

– *Fazem companhia.*

Essa mulher não parece da serra, nem da selva, nem do litoral.

– *Eu também sei ler* – diz Dulcídio.

Ela fecha o livro e vira a cara.

Quando Dulcídio pergunta quem é e de onde veio, a mulher desaparece.

No domingo seguinte, quando Dulcídio desperta da sesta, ela está lá. Sem livro, mas de óculos.

Sentada na areia fininha, os pés guardados debaixo de sete saias de balão, está estando, estando desde sempre; e assim olha para aquele intruso que lagarteia ao sol.

Dulcídio põe as coisas em seu devido lugar. Ergue uma pata unhada e passeia essa pata sobre o horizonte de montanhas azuis:

– *Até onde chegam os olhos, até onde chegam os pés. Sou eu o dono. De tudo.*

Ela nem olha para o vasto reino, e permanece calada. Silêncio, muito.

O herdeiro insiste. As ovelhinhas e os índios estão ao seu mandar. Ele é amo de todas estas léguas de terra e de água e de ar, e também do pedaço de areia onde ela está sentada.

– *Você pode: eu deixo* – concede.

Ela começa a fazer sua longa trança de cabelo negro dançar, como quem ouve chover, e o réptil esclarece que é rico mas humilde, estudioso e trabalhador, e sobretudo um cavalheiro com intenções de formar um lar, mas o destino cruel quer que ele termine sempre viúvo.

Inclinando a cabeça ela medita sobre esse mistério. Dulcídio vacila. Sussurra:

– *Posso pedir um favor?*

E chega perto, oferecendo o lombo.

– *Coça as minhas costas* – suplica – *porque eu não alcanço.*

Ela estende a mão, acaricia a couraça ferruginosa e elogia:

– *Macio feito de seda.*

Dulcídio estremece e fecha os olhos e abre a boca e ergue a cauda e sente o que nunca havia sentido.

Mas quando vira a cabeça, ela não está mais ali.

Arrastando-se à toda através dos juncos, procura por tudo que é canto. Nada.

No domingo seguinte, ela não vai à margem do rio. E nem no outro, nem no outro.

Desde que a viu, a vê. E não vê mais nada.

O dormilão não dorme, o comilão não come. A alcova de Dulcídio já não é o feliz santuário onde repousava amparado por suas finadas esposas. As fotos delas continuam ali, cobrindo as paredes de alto a baixo, com suas molduras em forma de coração e suas grinaldas de jasmins; mas Dulcídio, condenado à solidão, jaz afundado nas cobertas e na melancolia. Médicos e curandeiros acodem vindos de longe; e nenhum consegue nada diante do voo da febre e da queda de todo o resto.

Grudado no rádio de pilhas que comprou de um turco que passou por ali, Dulcídio pena suas noites e seus dias suspirando e escutando canções fora de moda. Os pais, desesperados, olham só para vê-lo murchar. Ele já não exige mais mulher como antes:

– *Estou com fome.*

Agora, suplica:

– *Sou um mendigo do amor,*

e com voz quebrada e alarmante tendência à rima, sussurra homenagens de agonia à dama que roubou-lhe a calma e a alma.

Todos os serviçais se lançam na captura. Os perseguidores removem céus e terras; mas não sabem nem mesmo o nome da evaporada, e ninguém jamais viu mulher de óculos naqueles vales, nem fora deles.

Na tarde de um domingo, Dulcídio tem um palpite. Levanta-se a duras penas e, do jeito que consegue, se arrasta até a margem do rio.

E lá está ela.

Banhado em lágrimas, Dulcídio declara seu amor à menina desdenhosa e esquiva, confessa que de sede estou morrendo pelo teu mel, sozinho no caminho desse mundo cruel, te esperando, te lembrando, água da minha mágoa: – Te ofereço meu anel.

E chega o casamento. Todo mundo agradecido, porque fazia tempo que a aldeia não tinha festa, e ali Dulcídio é o único que se casa. O padre faz preço de ocasião, por se tratar de cliente tão especial.

Gira a viola ao redor dos noivos e tocam glória a harpa e os violinos. Brinda-se pelo amor eterno dos felizes pombinhos, e rios de ponche correm debaixo dos ramos de flores.

Dulcídio estreia pele nova, avermelhada no lombo e verde-azulada na cauda prodigiosa.

E quando os dois ficam enfim a sós, e chega a hora da verdade, ele oferece:

– Te dou meu coração. Pisa-o sem compaixão.

Com um sopro ela apaga a vela, deixa cair seu vestido de noiva, rendas borbulhantes, tira lentamente os óculos e diz:

– Larga a mão de ser babaca. Deixa de besteira.

Num puxão o desembainha e joga a pele dele no chão. E abraça seu corpo nu, e faz arder.

Depois, Dulcídio dorme profundamente, encolhido contra aquela mulher, e sonha pela primeira vez na vida.

Ela o come adormecido. Vai engolindo-o aos poucos, da cauda até a cabeça, sem ruído nem mastigar forte, cuidadosa para não despertá-lo, para que ele não leve dela nenhuma impressão ruim.

Janela sobre o tempo

Em Cajamarca, janeiro é tempo de tecer.

Em fevereiro aparecem as flores delicadas e as faixas coloridas. Os rios ecoam, há carnaval.

Em março ocorre a parição das vacas e das batatas.

Em abril, tempo de silêncio, crescem os grãos do milho.

Em maio, é tempo de colheita.

Nos secos dias de junho, a terra nova é preparada.

Há festa em julho, e há casamentos, e os abrolhos do Diabo aparecem nos sulcos.

Agosto, céu vermelho, é tempo de ventos e de pestes.

Com a lua madura, não a lua verde, semeia-se em setembro.

Outubro suplica a Deus que solte as chuvas.

Em novembro, os mortos mandam.

Em dezembro, a vida é celebrada.

Janela sobre as vésperas

As folhas do milharal desanimam,
florescem de repente as amoreiras,
o sabiá canta sem parar
as galinhas se lançam, com as asas abertas, cacarejando,
os sapos saltam subindo, não descendo,
os leitões dançam,
os caracóis se recolhem,
as cobras saem,
saem as corujas,
voam em redemoinho as andorinhas,
voam em fila os abutres,
voam os gansos vindos do mar,
e têm gorro de nuvens os montes Pelagatos e Tantarica.

Assim anuncia-se o tempo das chuvas em Cajamarca, segundo contam os que conhecem o porquê dos quando.

História do fatal encontro entre o bandido do deserto e o poeta arrependido

Era o sobrevivente.

Firmino, velho mestre na arte da bandidagem, fugia para o agreste de Pernambuco. As balas do exército haviam acabado com sua mulher e com todos os seus amigos, numa emboscada ao pé de um despenhadeiro; e ele andava mutilado deles, tristejando suas solidões.

Naquela noite a chuva descarregou-se sobre o deserto, coisa de nunca, e os relâmpagos iluminaram alguns esqueletos que chutavam o ar, vestidos de boné e uniforme militar. As vítimas de muitos anos de tropelias vinham cobrar o tempo que Firmino lhes devia, por havê-las levado do mundo antes que fosse chegada a sua hora; e seus gritos de espanto anunciavam vingança.

A punhaladas e golpes de cabo de fuzil, Firmino lutou contra a ossadaria rebelada na tormenta.

E finalmente a chuva cessou, tão de repente quanto havia nascido. E num piscar de olhos toda a molhadura foi evaporada e os mortos tornaram a dormir debaixo da terra seca.

Firmino, o malvado maior do reino, pôde continuar sua fuga.

Mas depois de muito andar, quando cortou alguns galhos para fazer fogo, os arbustos sangraram.

E Firmino entendeu. Mas continuou caminhando.

Os perdidos serão os encontrados, cantava o poeta Sabino, e na terra brotarão estrelas que humilharão as estrelas do céu. Os mudos serão locutores e haverá hospitais sem doentes onde hoje só há doentes sem hospitais.

Cantador de cantorias nas feiras dos povoados afastados da costa, o poeta Sabino cantava as profecias da vaca vermelha. A vaca, que voava em seus sonhos, havia lhe anunciado que o deserto será mar e haverá verdor nos pedregais, e quem era de saber sabia que haverá nascer sem morrer e todos os dias serão domingo.

Isso cantou, até que cansou. O poeta Sabino cansou de cantar esperando. E arrependeu-se de haver gasto a vida peregrinando entre pobres e fodidos neste inferno de pedra, e descobriu que as coisas são como são porque sempre foram e serão como Deus quer que sejam. E botou para fora de suas noites a vaca louca que sonhava disparates para ele. E passou para o governo. E sua espada de madeira já não se ergueu mais para decapitar a serpente da tristeza, e sim para castigar os inimigos da ordem.

Firmino continuava caminhando na direção do agreste de Pernambuco ou para onde suas pernas pudessem levá-lo.

Certa manhã, a poucos passos de um casario, foi despertado por um ranger de passos. Firmino agachou-se e desembainhou o punhal. Mas quando viu Sabino, um frango fervido com terno e gravata, parado no meio do matagal, o bandido se pôs a picar fumo de rolo, tranquilamente.

O poeta se apresentou: Sabino, humilde rapsodo, às suas ordens, e declarou que tivera sempre a ilusão de conhecer o atroz açoite do deserto, senhor da maldade, e hoje o destino me depara

esta surpresa que sem dúvida não mereço e que para mim significa mais, muito mais que...

Firmino armou um cigarro, desleixado, pachorrento, e acendeu.

– *Uma grande honra* – sussurrou Sabino, engolindo saliva.

Só havia ali, de público, umas poucas moscas.

O bandoleiro soprou no ar alguns aneizinhos de fumaça e mediu o letrado mambembe para, com um sopro, acabar com ele.

Sabino, de cabeça baixa, contava formigas; mas, de repente, desembainhou a espada.

A espada de madeira tremia em sua mão. E mais ainda tremia sua voz:

– *Eu queria lhe pedir um favorzinho* – suspirou.

Passou um lenço pela testa e pelos olhos e gaguejantemente elevou sua súplica:

– *Queria que o senhor me permitisse... cortar sua cabeça.*

Firmino disparou a gargalhada. E riu sem parar, até que se acabou o muito riso que havia juntado desde a remota última vez. Então, tossiu.

Depois, esticou o pescoço:

– *Em frente, doutor.*

O poeta Sabino empunhou a espada de madeira com as duas mãos e firmou-se com alma e vida.

O bandido Firmino se pôs de pé e acariciou o pescoço.

Pestanejou o poeta. Emitiu um gemido de coelho e finalmente conseguiu rogar:

– *Diga que não.*

O bandoleiro concedeu-lhe o gosto. Não? Por que não? Isso não se nega a ninguém. E assim o terror do nordeste disse:

– *Não.*

Mas o poeta sussurrou:

– *Diga que não... com a cabeça.*

E então, quando o bandido negou com a cabeça, a cabeça soltou-se e caiu e rodou pelo chão.

A vitória da Civilização sobre a Barbárie foi destacada na primeira página pela imprensa local, regional, nacional, continental e mundial. Sabino recebeu a recompensa, que doou a obras de caridade, num ato público que foi transmitido ao vivo pela BBC de Londres. O livro que narrou sua façanha foi traduzido para o inglês, o francês, o alemão e o esperanto, e o poeta Sabino foi eleito Homem do Ano pela revista *Time.*

A alma de Firmino subiu, inteira, para o céu.

No mundo ficou seu cadáver partido em dois. O corpo foi jogado aos abutres e a cabeça, aos cientistas. Antes de mumificar a cabeça, que terminou numa vitrine do Museu dos Cangaceiros, os cientistas comprovaram que Firmino havia sido um mamífero superior de tipo ectomórfico e pertencente ao grupo brasiliano--xanthodermo. A análise revelou uma personalidade psicopática determinada por certos volumes no crânio, característicos dos assassinos frios provenientes das montanhas e países escondidos. O destino criminoso do sujeito estava também determinado por uma orelha nove milímetros mais curta que a outra, pela cabeça

terminada em ponta e pelas desmesuradas mandíbulas com longas presas que continuavam mastigando depois da morte.

Firmino foi para o céu porque lá estava a sua mulher, e porque alguém lhe havia dito que lá em cima havia lugar para os cavaleiros andantes caídos na nobre arte da guerra.

Ele era um cavaleiro sem cavalo. Subiu aos céus a pé, ao longo do alto caminho da glória, com o rifle como bastão e um punhal de prata na cintura. Lenta andadura de gala. Banhado em perfume, com lustre de brilhantina, Firmino exibia no peito um grande xis de balas reluzentes, e seu chapéu de Napoleão jorrava medalhas e libras esterlinas e outros penduricalhos, e um anel brilhava em cada dedo de suas mãos. E após muito subir, Firmino chegou às portas do Paraíso. E São Pedro não abriu.

Deus, em pessoa, mandou proibir sua passagem. O Supremo Fazedor não pôde se fazer de surdo diante do clamor unânime dos anjos, dos arcanjos e dos santos. Porque a mulher de Firmino, que havia entrado no céu por engano, dorme com todo mundo. Ela é o único fogo aceso na vida eterna, e só quando ela ama e baila, botando fogaréus pelo umbigo, se desaborrece o imortal aborrecimento da paz celestial.

E assim foi, que São Pedro não abriu. E Firmino não rogou, nem disse nada. Ficou lá, quieto, esperando.

Muito tempo se passou e esperando está Firmino, chapéu na mão, plantado diante do umbral do Paraíso.

De seu observatório lá das profundas, Lúcifer contempla, preocupado, a situação. Lúcifer sabe o que vai ser e resmunga:

– *O pior é sempre para mim.*

Janela sobre os seres e os fazeres

A pele da passadeira de roupas é lisa.
Longo e pontiagudo é o consertador de guarda-chuvas.
A vendedora de frangos parece um frango depenado.
Brilham demônios nos olhos do inquisidor.
Há duas moedas entre as pálpebras do avarento.
Os bigodes do relojoeiro marcam as horas.
Têm teclas as mãos da secretária.
O carcereiro tem cara de preso e o psiquiatra, cara de louco.
O caçador se transforma no animal que persegue.
O tempo transforma os amantes em gêmeos.
O cão passeia o homem que o passeia.
O torturado tortura os sonhos do torturador.
Foge, o poeta, da metáfora que encontra no espelho.

História do apóstolo São Pedro em terras da América

Firmino espera, apoiado em seu fuzil, enquanto os virtuosos entram voando, sem cumprimentar ninguém.

– *Isso não é vida* – diz o morto.

Firmino não vai passar a eternidade falando com ninguém, e escutando as risadas de sua mulher lá na beira do Paraíso. O velho guerreiro do deserto merece coisa melhor que este humilhadeiro gelado. O inferno tem má fama, fala-se que é o outro nome de mundo, mas lá embaixo a entrada é livre e o calor é como lá em casa.

E o bandido se decide. E vai dar o pulo, o pulo sem volta para a enorme frigideira onde são fritos os pecadores, quando ocorre o milagre.

O milagre: entreabrem-se grades brancas do branco portão e uma branca barba aparece, e aparece uma calva cabeça. São Pedro sai do Paraíso. O apóstolo vem procurar um bom lugar para olhar o mundo. O porteiro de Deus caminha alguns passos

no ar firme e se agacha. Agachado, põe-se a soprar nuvens. Um enorme chaveiro pende de sua cintura.

Firmino desliza por trás dele e com dedos de seda apanha o chaveiro, e abre o portão e entra no reino dos justos. Ao entrar, joga o chaveiro para trás, por cima do ombro.

São Pedro, inclinado sobre o mundo, nem percebe.

O príncipe dos apóstolos contempla o corpo luminoso da Terra que navega no vazio. Contempla e suspira.

Ele está escutando uma vozinha que o chama lá de longe; mas sabe muito bem que está proibido de voltar para o mundo. Deus não deixa. Deus tampouco permite que regressem os outros pescadores do lago da Galileia, nem seu próprio filho, Jesus. Quando eles estiveram no mundo, foram perseguidos a pedradas e pendurados em altas cruzes e foram sangrados a golpes de lança. Passaram-se dois mil anos; mas Deus não esquece.

O olhar de São Pedro atravessa os mares e os desertos e as montanhas, até que finalmente se crava num minúsculo vale, escondido entre os picos da cordilheira dos Andes. E o olhar abre caminho na noite para o povoado de Chimpawaylla.

Na igreja de Chimpawaylla, tremem as sombras à luz dos círios.

Encarapitado no altar, o padre Benito espera a monja Glória, que está chegando.

O padre Benito veste um manto roubado, e sobre sua cabeça brilha uma auréola de ouro que não lhe pertence.

Roxo de fúria ou de inveja, São Pedro amaldiçoa o que vê.

A monja Glória está na aldeia há pouco tempo, mas o padre Benito é dos de sempre. Ele passou a vida aqui: no confessionário, gozando com os pecados alheios; no púlpito, ameaçando os índios com geadas e secas e outras vinganças do Senhor.

Quando a monja Glória chegou, não tinha outra bagagem além do anel de sua finada mãe enfiado num dedo.

No leito de agonia, a mãe havia deixado seu anel na palma da mão do marido. E com o último suspiro havia dito sua última vontade. O pai da Glória jurou que nunca dormiria com outra: só com a mulher em cujo dedo entrasse aquele anel.

Alguns dias depois, Glória pôs o anel no dedo, por curiosidade ou brincadeira, e nunca mais conseguiu arrancá-lo.

E Glória fugiu de casa e do destino. E fez-se monja. Nem bem vestiu o hábito, foi destinada ao povoado de Chimpawaylla.

Aqui chegou, caminhando das montanhas. Chegou ao amanhecer, depois de muito andar, mas em sua túnica não havia pó nem havia em sua cara cansaço.

A nova esposa de Cristo bateu de levinho, e bastou aquele roçar da aldrava para que Benito saltasse da cama.

Então Benito abriu e viu: Glória e seus olhos de susto e seu cheiro de ar recém-chovido.

Daquele dia em diante, Benito não conseguiu dormir sem sonhá-la.

A monja Glória varreu e raspou e esfregou e reesfregou, lutando contra a sujeira de séculos que cobria a igreja, e agora têm cheiro de sol as roupas dos santos.

Várias vezes Glória lavou São Pedro, e toda vez ela se abraçou a seus pés e rezou para ele de joelhos, chorando, suplicando que sua mão impura fosse libertada do anel da condenação.

Esta manhã, Benito anunciou a ela a visita do apóstolo:
– Quando cair a noite, São Pedro falará com você.

E a partir daquele momento, Glória não conseguiu sossegar. Passou o dia caminhando, buscando no ar livre um pouco de paz para seu espírito; e nas alturas de sua euforia, foi surda às advertências. Não soube escutar a paca-paca assoviando maus agouros da copa do salgueiro, nem o pato que gritava alarmas das águas da lagoa.

E enquanto isso, Benito despiu São Pedro e escondeu-o. Pôs seu manto, rapou a cabeça e grudou na cara uma barba de brancos fiapos de lã. E subiu no altar. E ali ficou, à direita da cruz, quietinho, esperando.

Cai a noite. E quando finalmente se aproxima, trêmula, a mais linda ovelha do Senhor, São Pedro ergue os braços e fala. Muito suave, quase em segredo, diz:

– Manda o Pai do Céu que eu durma ao teu lado e tire o anel de teu dedo.

E Glória desmaia.

É despertada pelos dedos que acariciam sua fronte e penetram em seus cabelos.

A touca branca desliza e cai.

– Deus nos quer nus, de corpo e alma – sussurra São Pedro.

– Seja feita a Sua vontade.

E assim, canta o galo em plena noite.

E lá em cima e lá longe, o outro São Pedro cobre os olhos.

Depois, tenta se levantar. Suas costas rangem. Está tonto. Tem a boca cheia de palavras proibidas.

Ainda encurvado, o apóstolo apalpa a cintura dolorida. E descobre, então, que não tem mais as chaves do reino dos céus.

Janela sobre as paredes

Escrito em um muro de Montevidéu: *As virgens têm muitos Natais, mas nenhuma Noite Boa.*

Em Buenos Aires: *Estou com ome. Já comi o f.*

Também em Buenos Aires: *Ressuscitaremos, ainda que isso nos custe a vida!*

Em Quito: *Quando tínhamos todas as respostas, mudaram as perguntas.*

No México: *Salário mínimo para o Presidente, para ver o que ele sente.*

Em Lima: *Não queremos sobreviver. Queremos viver.*

Em Havana: *Tudo é dançável.*

No Rio de Janeiro: *Quem tem medo de viver não nasce.*

Janela sobre as manchetes das páginas policiais da imprensa latino-americana

Cego de ciúmes, transformou
doce menina em almôndega de sangue

Suicidou-se despencando
do oitavo andaaaaaaaaaaaar

POR BEBER DEMAIS
VIRA HOMOSSEXUAL!

Roubado quadro de artista cega
que pinta de ouvido!

TEM UM IRMÃO GÊMEO CRESCENDO
DENTRO DA PRÓPRIA BARRIGA!

Ancião morre no cinema
vendo os peitinhos de Sofia

MATOU A MÃE SEM
RAZÃO APARENTE!

Faleceu esmagado
por seu próprio domicílio!

Janela sobre as telenovelas

O Direito de Nascer foi a radionovela mais popular de todos os tempos. Esse melodrama de meio século atrás desatou muitas e graves inundações de lágrimas sobre as terras latino-americanas.

– *E por que você faz tanta gente chorar?* – perguntaram ao autor.

E Félix B. Caignet se defendeu:

– *Eu não faço ninguém chorar. Eu só dou o pretexto para que as pessoas chorem.*

História do menino que se salvou do amor de mãe e outros perigos

Um ovo flutuava no rio Uspanapa.

Caridad mexia a água, querendo apanhá-lo; e tanto se agachou que acabou caindo de cabeça no fundo lodoso.

Depois de muito se agitar, emergiu ensopada e sem o ovo, botando água e raiva pelos sete buracos da cabeça. Quando se ergueu na margem, bateu sem querer na ramagem; e o ovo, que aparecia no rio mas estava entre os galhos, caiu aos seus pés.

Caridad sentou-se. Ao calor de seu corpo, o ovo se quebrou e Andâncio nasceu e chorou.

Serpenteava a língua. Caridad lambia os beiços contemplando o menino que crescia:

– *É meu, é meu* – dizia.

Andâncio sentia gratidão, porque afinal ela o havia nascido; mas assim que Caridad saía de casa, o menino confiava suas preocupações ao camundongo:

– *Minha mãe quer me comer.*

E o camundongo movia a cabeça:

– *Todas as mães têm essa mania.*

No mercado daquela aldeia de Veracruz, Caridad se queixava às vizinhas:

– Não tem jeito. Não engorda, o ingrato. Nem sei para que a gente se sacrifica...

Toda a comida era para o menino, e Caridad tinha tanta fome que comia o barro das paredes. As paredes iam diminuindo a cada jantar e já haviam desaparecido, também devorados, todos os potes de barro da casa. Todos, menos o caldeirão maior.

A cada noite Caridad puxava água para o caldeirão e soprava o fogo. Quando saía fumaça da água, ela atirava um punhadinho de sal. Então chegava no canto onde Andâncio dormia:

– *Dá o dedo.*

E Andâncio estendia o rabo do camundongo. Caridad apalpava, cega de fúria, e ia embora resmungando.

Graças ao camundongo, que cavou um buraco na parede emagrecida, Andâncio conseguiu escapar. Foi-se embora sem virar para trás e chegou morro acima quando o dia já estava despontando.

Da copa de uma palmeira, viu sua casa em chamas.

Caridad havia chutado as lenhas ardentes e o fogo havia se vingado.

Os vizinhos envolveram as cinzas de Caridad numa manta e o sapo foi atirá-la no lago.

Quando Andâncio viu o sapo chegar, pulando com o saco nas costas, cortou-lhe o passo. Quis arrancar-lhe a carga, porque mãe só existia uma; e no esforço a manta se abriu e as cinzas de Caridad saíram voando.

Andâncio correu, perseguido pela nuvem negra, e mergulhou nas águas do rio; e assim foi salvo pelo espelho que havia refletido sua primeira imagem.

O sapo, mais lento, não conseguiu se defender daquele exército de lanças, e ficou com a pele crivada de picadas para sempre.

E, desde aquele dia, os mosquitos nos atormentam.

Janela sobre as ditaduras invisíveis

A mãe abnegada exerce a ditadura da servidão.

O amigo solícito exerce a ditadura do favor.

A caridade exerce a ditadura da dívida.

A liberdade de mercado permite que você aceite os preços que lhe são impostos.

A liberdade de opinião permite que você escute aqueles que opinam em seu nome.

A liberdade de eleição permite que você escolha o molho com o qual será devorado.

História do milagre dos mosquitos

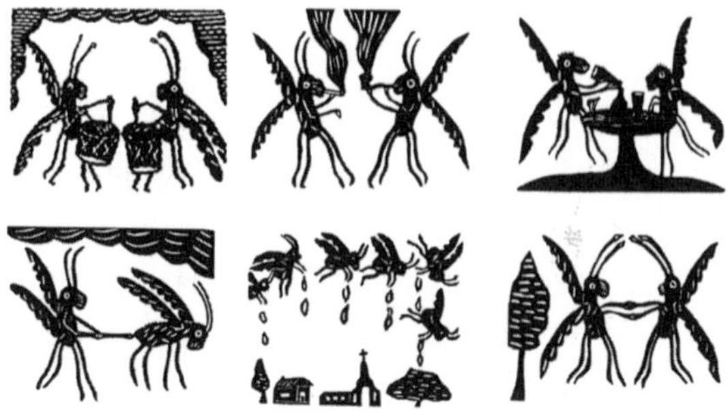

O padre da aldeia dizia a ele:
– *Você é o único negro de alma branca.*

Montón havia vendido a alma a Deus. A troco da vida eterna, havia se condenado a fazer o bem. E estava já fazia muito tempo vivendo a vida numa santidade sem fim, quando o carnaval explodiu, como todos os anos, na aldeia de Saint Marc. E como todos os anos, Montón se trancou, com corrente e cadeado, e se obrigou ao jejum e à mortificação enquanto a festa durasse. De acordo com seu costume, tampou os ouvidos com cera, se ajoelhou e de joelhos passou os quatros dias e noites de alvoroço. Lá fora, enquanto isso, os tambores batiam e desatavam um turbilhão de corpos fumegantes que a música lançava para o ar: no ar a música bailava os corpos, os devolvia à terra e os fazia voar de novo.

Assim foi até a meia-noite da terça-feira, quando morreu para todos o tempo de gozo e para todos chegou a hora do arrependimento e do dever.

Havia lua cheia. Subiu a maré, esconderam-se as aves, o ar esfriou. E Montón saiu de sua cela.

Sentado em sua cadeira de balanço, na fresca da noite, Montón estava bebendo um copo de pura água de chuva. E então, de repente, aconteceu: a lua entrou no copo, o copo se despedaçou e a aldeia inteira se inundou de aguardente. Rios de aguardente brotaram dos cacos do copo e deram de beber e de marear a todos durante essa noite e durante os dias seguintes.

Desde então, na aldeia de Saint Marc o carnaval começa na Quarta-feira de Cinzas, quando no mundo inteiro acaba.

Foi naqueles dias que Montón perdeu o chapéu. E perdeu também a mulher: certa manhã, tocou aquela estátua de gelo e percebeu que ela estava um pouquinho mais fria que de costume.

Enquanto as pás de terra caíam sobre a falecida, Montón rezava com devoção o rosário de quinze casas, mas não podia evitar o movimento de seus lábios que insistiam em murmurar desafiando:

– Nem pense em devolvê-la, meu Deus.

O enterrador jogou terra e mais terra até ficar com os braços duros de câibra; mas não teve como tapar a cova. O buraco fundo continuava lá, e toda a terra do mundo não bastava para cobrir

suas profundidades. Não teve outro jeito a não ser cravar a cruz lá embaixo, no meio daquela boca aberta.

– *A terra ficou com fome* – sentenciou o enterrador, que era homem sabido.

Montón deixou escapar uma risadinha nervosa. E subitamente ficou pálido, os joelhos afrouxaram e ele desmaiou.

Parentes e vizinhos abanaram o viúvo, vítima do calor do meio-dia ou da dor pela perda irremediável.

Poucos dias depois, Montón percebeu que seu corpo projetava, à luz do dia ou do fogo, uma sombra alheia, sombra de outro corpo que nascia de seu corpo e se metia onde não devia. Além da sombra metida, o corpo de Montón exalava um ventinho louco que arrancava de suas mãos o livro de orações, fazia as flautas soarem e levantava as saias das mulheres.

Montón, que sempre fora homem de pouca boca, havia desandado a devorar, com fome implacável, o próprio e o alheio, o cru e o cozido, o quieto e o mexido. O inimigo do tabaco fumava

sem parar; bebia bebida forte, o devoto da água. E comendo e bebendo e fumando delirava, disparando disparates diante dos netos atônitos.

Os garotos suspeitaram: mau olhado. E decidiram mudar a casa de lugar. Arrancaram a casa inteira e a levaram, com paredes e teto e tudo, para a outra ponta da aldeia. Regaram o chão de cascas de ovo, cravaram num poste um crânio de vaca no meio do terreiro e penduraram um colar de alho no pescoço do avô atribulado.

A coisa piorou. Agora o mártir da vida laboriosa se negava a trabalhar, e passava noite e dia deitado na doce rede de algum peito de mulher, cozinhando-se de amores até ficar transparente. No altar de sua casa, onde antes estava a cruz de Cristo, Montón havia plantado a árvore do Paraíso, copa vermelha de frutos e de pássaros cantores, em homenagem aos amantes que não tiveram umbigo, nem memória, nem obediência.

As pessoas ficam doentes de cima para baixo, feito as plantas. Os netos de Montón diagnosticaram que o avô andava ruim da cabeça. E vendo que aquela doença do nervo mental se agravava, levaram Montón ao Grande Bode.

A barba do Grande Bode servia de lençol. Quando puxavam a barba enquanto ele dormia, o Grande Bode falava em sonhos.

Os netos de Montón perguntaram. E no primeiro puxão na barba, o Grande Bode revelou a verdade:

– *Mosquitos* – murmurou sem se despertar.

Os garotos não entenderam. Não se lembraram de que certa manhã, tempos atrás, o avô havia amanhecido muito inchado de picadas, e não souberam que tudo aquilo tinha sido culpa dos mosquitos.

De tanto picar, os mosquitos tinham feito uma transfusão de sangue. Montón havia recebido o sangue de um famoso pecador chamado Féfé. Era caso de mudança de alma, do tipo incurável. Montón ficou do jeito que ficou e o tal de Féfé, que havia sido um farrista incansável, agora era incapaz de aventura, condenado a repetir dias iguais, e não podia beber sem vomitar, nem fazer amor sem culpa, nem sentir sem saber.

Janela sobre a palavra (IV)

Magda Lemonnier recorta palavras nos jornais, palavras de todos os tamanhos, e as guarda em caixas. Numa caixa vermelha guarda as palavras furiosas. Numa verde, as palavras amantes. Em caixa azul, as neutras. Numa caixa amarela, as tristes. E numa caixa transparente guarda as palavras que têm magia.

Às vezes, ela abre e vira as caixas sobre a mesa, para que as palavras se misturem do jeito que quiserem. Então, as palavras contam para Magda o que acontece e anunciam o que acontecerá.

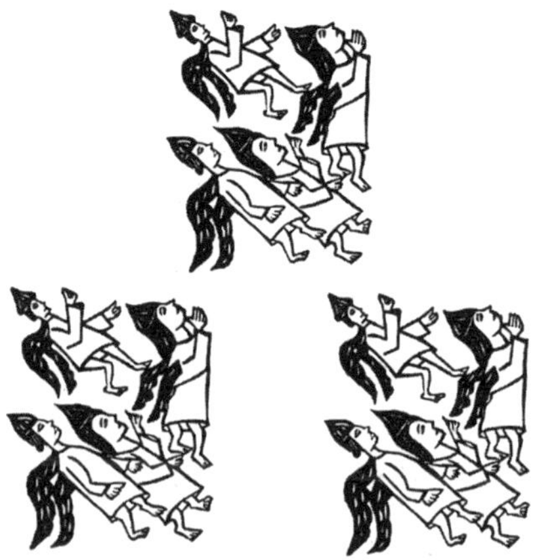

História do regresso do arcanjo

Montón estava certo dia em plena celebração do malefício dos mosquitos, dançando no ar, carnavaleando a vida, quando escutou que alguém tossia às suas costas. Deu meia-volta, não viu ninguém.

– *Teje preso.*

Quando baixou os olhos Montón caiu na gargalhada. Lá estava um anão minguado e feio, vestido de polícia.

O arcanjo cortou-lhe a risada em seco:

– *Deus me mandou* – disse. – *Já ouviu falar dele? Tenho ordens para levar você.*

Empalideceu o desaventurado, diante da atroz evidência. Até aquele momento a morte havia sido, como a doença, como a velhice, uma coisa que só acontecia com os outros.

— *A despedida* – balbuciou, e sua mão trêmula serviu dois cálices de rum claro.

– *Não sei se devo* – sussurrou o diminuto, esvaziando seu cálice de um gole só.

E depois, gole vai, gole vem:

– *A gente é um momentinho e nada mais, coisa à toa* – suspirou Montón. E logo depois, o arcanjo sentenciou, balançando a cabeça:

– *Quem manda é o medo.*

A luz da vela multiplicava o corpo de Montón, corpo da cor da sua sombra, que com sua sombra crescia.

Quando abriu a segunda garrafa, o negro velho malandro se animou a perguntar:

– E já faz tempo que o senhor anda nessa?

O emissário do senhor estalou a língua e se calou.

Mas enquanto a garrafa baixava, as palavras foram subindo, foram saindo. O arcanjo evocou aqueles tempos de Comayagua, vida boa de se viver, gloriosa fugacidade, e contou que os alados agentes do Além o haviam sequestrado:

– Me devolveram.

Agora estava proibido de missões de redenção; e só podia visitar o mundo para levar os condenados à morte.

No meio de suas aflições, adormecem.

Quando despertou, o dia clareava. O arcanjo recordou subitamente seu trabalho:

– *Pó, cinzas, nada* – advertiu a voz do dever, rouca de ressaca. Montón, que não havia fugido, balançava-se tranquilamente numa rede.

– *Se o senhor quiser me levar, terá que me desamarrar* – disse.

E ergueu com dois dedos um pelo de mulher, que não era da cabeça nem da axila.

– *Corte* – exigiu – *porque eu não consigo.*

O arcanjo tentou. Tentou com os dentes, e nada, e tampouco pôde partir aquele pelo com o fio do punhal nem a golpes de machado.

Pediu instruções às alturas.

Em pleno ataque de fúria, São Miguel arrancou as próprias plumas. Seus gritos atordoaram as galáxias: o arcanjo-chefe amaldiçoava aquele idiota que tinha caído numa armadilha mais velha que o mundo, um truque que qualquer um conhece, e anunciava que despacharia o inútil para o inferno a pontapés.

Mas a hierarquia celestial mandou arquivar o assunto. Satanás não aceitava hóspedes sem assinatura de Deus; e ninguém se atrevia a incomodar Nosso Senhor com esta desagradável história, digna de esquecimento. Novas guerras e revoluções explodiam a cada dia no universo infinito e turbulento, e Deus não estava ali para ter desgostos.

O reincidente funcionário, que tantas mostras havia dado de negligência, inépcia e corrupção, foi acorrentado a uma nuvem e condenado a escutar, por toda a eternidade, os ensaios do coro de anjos que canta em louvor à glória do Criador e de sua insaciável sede de lágrimas.

Quando o arcanjo voou e foi-se para sempre desta Terra, apagou-se o horizonte. O céu tornou-se mar e despejou a tempestade. Montón caminhou, através da chuva, pelo mundo que a chuva despertava.

Janela sobre as proibições

Na parede de um botequim de Madri, um cartaz avisa: *Proibido cantar.*

Na parede do aeroporto do Rio de Janeiro, um aviso informa: *É proibido brincar com os carrinhos porta-bagagem.*

Ou seja: ainda existe gente que canta, ainda existe gente que brinca.

História da casa do milho

Andâncio havia ficado órfão e sem casa. Peregrinando à procura de um lugar na Terra, chegou à beira do golfo do México.

O raio ergueu-se sobre suas posses. Apoiado na longa cauda incandescente, fulminou o intruso:

– *Aqui, não!* – gritou do alto do seu prestígio criminoso. E as fúrias troaram no céu.

Andâncio apontou o horizonte. Falando baixinho, como que pedindo desculpas, ergueu uma pedra e desafiou: a pedrada que atravessasse o mar inteiro, venceria.

O raio não respondeu, mas escolheu uma pedra, tomou impulso e atirou-a. A pedra do raio traçou uma curva assustadora no céu, e depois de roçar o sol afundou n'água, pouco antes do horizonte.

Andâncio convocou secretamente a pomba e o pica-pau. Então seu corpo fez-se arco e disparou a pomba, como se fosse pedra, e a pomba zuniu nos ares e se perdeu de vista. Pouco depois,

o pica-pau bicou um tronco morto, e *esse* golpe seco mentiu que a pedra tinha caído na outra margem do mar.

O raio curvou a cabeça. E foi obrigado a ir para onde sua pedra havia caído. Andâncio mandou que o raio anunciasse a entrada do tempo da água na Terra; e que enviando chuva banhasse o seu corpo e lhe desse crescimento.

E assim Andâncio teve terra e chuva, e teve também corpo alto e folhas e espiga e grãos e cabelos. E foi milho.

Janela sobre os ciclos

As pessoas, feitas de milho, fazem o milho. As pessoas, criadas da carne e das cores do milho, cavam um berço para o milho e o cobrem de boa terra e o limpam das ervas daninhas e o regam e dizem a ele palavras de amor. E quando o milho está crescido, as pessoas de milho moem sobre a pedra e o erguem e o aplaudem e o embalam no amor do fogo e o comem, para que nas pessoas do milho o milho continue caminhando sobre a Terra, sem morrer.

História da ressurreição do papagaio

O papagaio caiu no caldeirão que fumegava. Espigou, ficou tonto e caiu. Caiu de curioso, e se afogou na sopa quente.

A menina, que era sua amiga, chorou.

A laranja despiu-se de sua casca e ofereceu-se a ela, para consolar.

O fogo que ardia debaixo do caldeirão se arrependeu e se apagou.

Do muro, soltou-se uma pedra.

A árvore, inclinada sobre o muro, estremeceu de pena, e todas as suas folhas foram ao chão.

Como todos os dias, o vento chegou para pentear a árvore frondosa, e encontrou-a nua. Quando o vento ficou sabendo o que havia acontecido, deixou uma rajada escapar.

A rajada de vento abriu a janela, andou sem rumo pelo mundo e foi para o céu.

Quando o céu soube da má notícia, ficou pálido.

E vendo o céu branco, o homem ficou sem palavras.

O oleiro do Ceará quis saber. Finalmente o homem recuperou a fala, e contou que o papagaio havia se afogado
e a menina havia chorado
e a laranja havia se despido
e o fogo havia se apagado
e o muro havia perdido uma pedra
e a árvore havia perdido as folhas
e o vento havia perdido uma rajada
e a ventana havia sido aberta
e o céu havia ficado sem cor
e o homem sem palavras.

Então o oleiro reuniu toda aquela tristeza. E com esse material suas mãos puderam fazer o morto renascer.

E o papagaio que brotou da tristeza teve penas vermelhas de fogo

e penas azuis de céu
e penas verdes das folhas da árvore
e um bico duro de pedra e dourado de laranja
e teve palavras humanas para dizer
e água das lágrimas para beber e se refrescar
e teve uma janela aberta para escapar
e voou numa rajada do vento.

Janela sobre a memória (I)

À beira-mar de outro mar, outro oleiro se aposenta, em seus anos finais.

Seus olhos se cobrem de névoa, suas mãos tremem: chegou a hora do adeus. Então acontece a cerimônia de iniciação: o oleiro velho oferece ao oleiro jovem sua melhor peça. Assim manda a tradição, entre os índios do noroeste da América: o artista que se despede entrega sua obra-prima ao artista que se apresenta.

E o oleiro jovem não guarda esta peça perfeita para contemplá-la e admirá-la: a espatifa contra o solo, a quebra em mil pedacinhos, recolhe os pedacinhos e os incorpora à sua própria argila.

História da sombra

O primeiro sabor do qual se recorda foi uma cenoura.

O primeiro cheiro, um limão partido ao meio.

Recorda que chorou quando descobriu a distância.

E recorda que certa manhã ocorreu o descobrimento da sombra.

Naquela manhã, ele viu o que até então havia olhado sem ver: grudada a seus pés jazia a sombra, mais longa que seu corpo. Caminhou, correu. Onde ele ia, fosse onde fosse, a perseguidora sombra ia com ele.

Quis arrancá-la. Quis pisá-la, chutá-la, golpeá-la; mas a sombra, mais rápida que suas pernas e seus braços, se esquivava sempre. Quis saltar sobre ela; mas ela adiantou-se. Virando-se bruscamente, tirou-a da frente; mas ela ressurgiu atrás. Grudou--se contra o tronco de uma árvore, encolheu-se contra a parede, meteu-se atrás da porta. Onde ele se perdia, a sombra o encontrava.

Finalmente, conseguiu soltar-se dela. Deu um salto, jogou-se na rede e separou-se da sombra.

Ela ficou embaixo da rede, esperando por ele.

Depois, ficou sabendo que as nuvens, a noite e o meio-dia, suprimem a sombra. E soube que a sombra sempre volta, trazida pelo sol, como um anel que procura o dedo ou um abrigo viajando rumo ao corpo.

E se acostumou.

Quando ele cresceu, com ele cresceu sua sombra. E ele teve medo de ficar sem ela.

E o tempo passou. E agora, quando ele está encolhendo, após os dias de sua vida, tem pena de morrer e deixá-la sem ele.

Janela sobre o rosto invisível

Tudo tem, todos temos, rosto e marcas. O cão e a serpente e a gaivota e você e eu, quem vive e quem viveu e todos os que caminham, se arrastam ou voam: todos temos rosto e marcas.

Os maias acreditam nisso. E acreditam que as marcas, invisíveis, são mais rosto que o rosto visível. Pela marca conhecem você.

Janela sobre o reino que se foi

Em Sayomal, contou a avó, lá nos antigamentes, antes do antes do antes, as árvores não secavam, nem as pessoas.

Quando a primeira dor doeu, ninguém sabia se era vermelho ou negro ou branco. Quando ocorreu a primeira morte, não havia palavra para ela. E quando as terras de Sayomal foram invadidas pelas sombras da dor da morte, o sol escolheu um homem e o salvou, arrebatou-o com seus raios. E desde então ele está sozinho, está fora do tempo, dormindo no santuário do sol que flutua à deriva por cima do horizonte.

– O *último de Sayomal* – disse a avó – *está a tua espera.*

História do tempo que se foi

Lá no tempo que se perdeu nos tempos, conta a vó, o veado era mais veloz que flechas que o procuravam.

Pela terra passeava a serpente, cascavelando festas da cabeça à cauda, e seus guizos soavam hoje e se ouviam ontem e amanhã.

E o pavão era senhor do reino das alturas, e seu grito chegava aos últimos rincões.

Quando o tempo da desventura chegou a Iucatã, o veado não pôde mais correr como vento e foi ferido e chorou. Seus olhos de água, que deram de beber aos outros machucados, ficaram para sempre úmidos e grandes.

A serpente perdeu os guizos da alegria. Desde então só soam, em seu corpo nu, os guizos do medo.

E o pavão caiu para os montes baixos, onde ninguém o escuta, e nunca mais pôde remontar voo da terra onde sofrem exílio os desterrados do céu.

Janela sobre a memória (II)

Um refúgio?
Uma barriga?

Um abrigo onde se esconder quando estiver se afogando na chuva, ou sendo quebrado pelo frio, ou sendo revirado pelo vento?

Temos um esplêndido passado pela frente?

Para os navegantes com desejo de vento, a memória é um porto de partida.

Janela sobre a chegada

O filho de Pilar e Daniel Wainberg foi batizado à beira-mar. E no batizado, ensinaram a ele o que é sagrado.

Recebeu um caracol.

– Para que aprenda a amar a água.

Abriram a gaiola de um pássaro preso:

– Para que você aprenda a amar o ar.

Deram a ele uma flor de gerânio:

– Para que você aprenda a amar a terra.

E deram também uma garrafinha tampada:

– Não abra nunca, nunca. Para aprender a amar o mistério.

Janela sobre a partida

Os bisnetos a vestem com o uniforme escolar. Todos os meios-dias essa velha se ergue da cama a duras penas, e exige o avental branco e o laço azul, muito nervosa, porque a professora fica brava:

– *Vamos, vamos, estou atrasada.*

Um velho copia seus próprios desenhos dos tempos de criança. São desenhos de 70 anos atrás. Enquanto os copia, sua mão treme.

Guarda alguns jornais velhos, velhos como ele, embrulhados em panos velhos, cuidadosamente amarrados. Ele tem medo que as palavras escapem.

Janela sobre as perguntas

Sofia Opalski tem muitos anos, ninguém sabe quantos, ninguém sabe se ela sabe. Tem apenas uma perna, anda em cadeira de rodas. As duas estão bem gastas, ela e a cadeira de rodas. A cadeira tem parafusos frouxos, e ela também.

Quando ela cai, ou quando cai a cadeira, Sofia chega, do jeito que der, até o telefone e disca o único número do qual se lembra. E pergunta, lá do fim do tempo:

– *Quem sou eu?*

Muito longe de Sofia, em outro país, está Lucia Herrera, que tem três ou quatro anos de vida. Lucia pergunta, lá do princípio do tempo:

– O *que quero eu?*

História do cocheiro

Passava o dia à espera, as rédeas nas mãos, imóvel no pescante. Muito de vez em quando, aparecia algum turista com vontade de fuçar os bairros velhos e os tempos idos, e de vez em vez aparecia, ainda, alguma família de casa grande, daquelas que iam à missa mesmo que não fosse domingo.

Esperando, cochilava. E talvez dom Antenor sonhasse que os dentes perdidos voltavam à boca e à cabeça voltavam os perdidos cabelos, e que a gordura escorresse para fora do corpo; ou sonhava que dirigia um Mercedes Benz último modelo, ele muito empertigado ao volante, de uniforme novo, debaixo de um letreiro luminoso que piscava *Táxi*.

Quando a noite se fechava, dom Antenor sacudia as rédeas:

– *Eia, Inútil.*

Inútil não apressava a marcha, mas ia para casa.

Amparado pela escuridão, dom Antenor ia recolhendo, ao passar, algumas sacolas de lixo.

O doutor preferiu viajar ao lado do cocheiro. Ele tinha vindo da capital para dar uma conferência sobre a cura da asma segundo Maimônides, e queria conhecer Cartagena das Índias da melhor maneira.

Passearam à sombra das muralhas e à beira-mar. A carruagem andou pelas ruelas da cidade velha, através dos arcos de pedra e debaixo das pestanas de madeira e das varandas; e depois percorreu as avenidas da cidade nova, entupidas dos automóveis.

Ao passar do cavalo e das horas, o doutor ia rendendo homenagem ao calado heroísmo de dom Antenor, sentinela da memória nacional, bastião das tradições perdidas:

– O *senhor é um Patrimônio Histórico da Pátria* – elogiava, e o felicitava com tapinhas nas costas.

Quando a viagem terminou, o doutor ficou um tempo conversando. Examinou o fundo do olho de dom Antenor e receitou-lhe óleo de fígado de bacalhau de Hogg. E ao descer da carruagem, pediu a conta.

E se ofendeu:

– *Tão pouco o senhor acha que vale seu trabalho de auriga, e o sacrifício do nobre animal que o acompanha?*

E afastou-se, sem pagar, e muito furioso desapareceu na primeira esquina.

Dom Antenor espantava os cães da sua alma insultando Inútil e fazendo o chicote assoviar sobre suas orelhas.

A cada dia havia menos dia. A cada dia anoitecia mais cedo. O pão de cada dia se afastava a cada dia: muito fundo nadavam os peixes, muito alto voavam os pássaros.

Mas dom Antenor estava lá. Firme na praça, de um jeito ou de outro, estava. Como nos velhos tempos, quando as ruas eram de vaivém, muito bulício e bagunça, o carro *Kaiser* era uma carruagem e passeava a Primeira Dama da República e os Toureiros e tenores vindos da Espanha, mestres da espada e da garganta, e levava damas de leque às funções de gala. O *Kaiser* exibia letras de ouro das portinholas, Ventania relinchava de júbilo e dom Antenor conhecia segredos de alcova e cartório, vida e milagres da gente de brilho.

Aquele pessoal, não existia mais, e tampouco existiam as coisas que aquele pessoal queria; mas dom Antenor continuava.

E o *Kaiser* continuava, carcomido de cupim e coxo de uma roda. E havia este pangaré esquálido, que não era aquele Ventania que arrancava fagulhas do chão empedrado, e campeando marcava o compasso do trote triunfal: Inútil perambulava, dorminhoco, dando voltas e mais voltas ao redor da praça, enquanto os automóveis zuniam na vertigem do trânsito.

Quando chegou o dia da Virgem da Candelária, a multidão subiu, em procissão, até o cume do morro onde ela mora. Dom Antenor também subiu. Subiu a encosta de joelhos e com os joelhos sangrando, cego de sol e de pó, suplicou-lhe milagre. Pediu que ela fechasse os talhos de sua alma, os que não cicatrizam: falou sussurrando, como na infância, quando ele a chamava de minha namorada, minha chega pra cá, e ela o presenteava com as muralhas que rodeiam a cidade velha.

Mas agora a Virgem estava ocupada abrindo os caminhos do mar, ressuscitando afogados e levando peixes às redes vazias. Naquele ano eram muitos os malefícios da água, muito trabalho tinha a Senhora dos Navegantes, e não lhe sobrava tempo para as infelicidades de terra.

Enquanto dom Antenor rezava lá no alto, chorando para a surda, Inútil estava lá embaixo, atado ao *Kaiser*, torrando no sol. Era um sol feroz, e também à sombra teria sido feroz, se tivesse havido sombra. Inútil mordia capim seco, esticando o freio, e amaldiçoava aquele velho burro que o tratava como se fosse um cavalo de madeira: ele havia passado a vida dando duro e ficando calado e merecia pelo menos um chapéu, com penacho de plumas coloridas, e um bom banquete de milho vermelho, talos de alfafa, trevos frescos, purezinho de aveia.

Naquela noite, Inútil escapou. Farto de mascar terra e tristeza e de sobremesa de carrapichos, escapou. E quis galopar, ir para longe, perder-se através do campo no verdor e espojar-se e fartar-se de erva fresca e relinchar até ficar mudo.

Quis galopar e galopou, na noite da fuga, o galope mais longo da sua vida.

Para lá dos subúrbios, tropeçou e caiu. Trabalhosamente, se levantou: as patas vacilavam, o peito trovoava, o corpo avariado rangia. Inútil não teve outro remédio a não ser se resignar ao seu lento andar de sempre. E passo a passo continuou fugindo, até que desmoronou debaixo dos arbustos da costa.

O carpinteiro estava ajustando os raios da roda ao redor do eixo, quando ergueu a cara e o viu. Dom Antenor vinha se aproximando. Na neblina de pó do verão, havia tomado forma sua figura tortuosa: esgarçada casaca de pinguim, chapéu que havia sido de copa, gravata borboleta de asas exangues. Ele vinha do canto do caminho, preso às varas, arrastando o carro. O *Kaiser* se movia aos trancos, gemendo ruídos de molas quebradas, e dom Antenor suava em bicas.

Num instante o carpinteiro terminaria a roda. Tombado à sombra da carruagem, dom Antenor contou que havia resolvido prescindir dos serviços de seu cavalo. Sua empresa mudava de ramo. Agora iria se dedicar às mudanças, ao frete a domicílio ou o que fosse.

Passaram-se os dias, passaram-se as semanas. Inútil perambulava sua querência perdida. Cada dia via dom Antenor saindo com o *Kaiser,* um puxando o outro, e pelo rastro de seu cheiro adivinhava o rumo deles.

Inútil duvidava. Dava voltas por aí, querendo se afastar, mas regressava sempre. Lambia a pata ossuda, esfolada, e duvidava. Com a pata coçava as costelas, e continuava duvidando. Ruminando pasto, ruminando dúvidas, se esticava para dormir nos arredores do galpão destrambelhado que havia sido seu lar.

E um dia, um amanhecer, Inútil empurrou a porta com o focinho. A pouca luz bastou-lhe para reconhecer sua cama de palha e os arreios dependurados nas traves.

Dom Antenor emergiu do *Kaiser.* Suas pernas de arame mal o sustentavam, e apareciam debaixo de sua camisola de fantasma. Apontou o tonel cheio de água.

– *Está aí* – rosnou.

– *Eu só bebo cerveja* – disse o cavalo.

Janela sobre o adeus

Não conseguia dormir. Ele havia guardado todos os sonhos juntos, numa sacola de supermercado, e a sacola tinha se aberto e os sonhos haviam escapado, e ele não conseguia mais dormir porque não tinha nenhum sonho para sonhar.

É o que dizia. E dizia também que tinha perdido dois dias, uma segunda e uma terça, e que os procurava, desesperado, e não achava aqueles dias em lugar nenhum.

Não foi breve, a agonia. Tinha cada vez menos ar. No final, crucificado pelas sondas, só conseguiu balbuciar:

– *Que ladeira comprida.*

E morreu, sem encontrar os sonhos e os dias que havia tido e que tinham ido embora.

Teve pouca coisa além disso. Fernando Rodriguez nunca quis ter. Foi dono de nada, homem nu; e nu caminhou, perseguido pelas crianças e pelos loucos e pelos pássaros.

História do sapateiro que fugiu de seus credores

Nome e sobrenome.

Não teve resposta.

O chefe da polícia deu-lhe três batidinhas no peito:

– *O senhor está morto?*

Cândido jazia em silêncio. A autoridade declarou-o cadáver.

Com os olhos em branco, olhando para as próprias sobrancelhas, Cândido pensava. Um único pensamento ou nuvenzinha flutuava sobre sua cabeça: *E se enterram o caixão comigo dentro?*

Um poeta qualquer, inclinado à denúncia social, imortalizou imediatamente o infeliz num acróstico de sete versos. Cantou o poeta as desventuras do finado, que se arrebentava dia e noite martelando couros para dar de comer à sua ingrata família, e quanto mais trabalhava menos ganhava e mais devia.

Os vizinhos e os parentes, porém, lembravam-se de sua alergia ao suor do rosto, que lhe provocava náuseas e erupções na pele. De acordo com eles, o remendão nunca havia posto nem uma meia-sola, e preferia ganhar a vida vendendo de vez em quando algum frasco de ar de Paris, alguma garrafinha de terra brasileira benzida pelo Papa ou colheres de madeira, muito úteis para roubar comida dos cegos.

Isso é o que disseram: eu não sei de nada. O certo é que Cândido estava devendo uma vela a cada santo quando tomou aquela trágica determinação. Com suas próprias mãos, fez um caixão de

pinho, lustrou-o, pôs nele uma plaquinha com seu nome e deu-se por morto de morte morrida.

Foi velado na Igreja. Muita luta, nenhum luto: Cândido foi chorado pelos seus numerosos credores, e por ninguém mais. Teso no caixão, com as mãos cruzadas no peito, escutou os gemidos de suas vítimas, até que todo mundo que ele havia enrolado foi embora do templo. Então não escutou nada além do murmúrio de uma ou outra beata, que rezava pedindo perdão pelos pecados que não havia cometido: e quando caiu a noite, o defunto ficou sozinho.

Esperou, e finalmente se decidiu. Esfregou os olhos doloridos e muito lentamente tirou um pé do caixão. Depois, tirou o outro. Ao se levantar, fez um leve rangido. Com o dedo sobre os lábios, disse a si mesmo:

– *Pssst.*

E começou a caminhar, passo a passo. Descalço, percorreu a igreja em sombras. Debaixo da cruz, debaixo de Jesus, entre Madalena e a Virgem Maria, encontrou um bom lugar para se sentar. Buscou um cigarrinho no bolso da mortalha e acendeu-o com um círio. E nisso estava, fumando, celebrando, quando escutou ruídos e meteu-se no caixão, de um pulo.

Enquanto os ladrões esvaziavam o altar, pelavam as paredes e desvestiam os santos, o sapateiro gaguejava mudos pai-nossos e ave-marias e conjuros de macumba. Mas o chefe dos bandidos foi picado pela curiosidade:

– *Será que esse defunto não tem um dente de ouro?*

Quando Cândido sentiu aquela garra apalpando sua mandíbula, deu uma mordida com toda a força e ergueu-se no ataúde.

O ladrão, vesgo, caiu esparramado pelo chão; e a quadrilha inteira saiu voando dando gritos e deixando um rio de asas de anjo e sedas e pratarias.

A aldeia inteira acudiu para venerar o novo Lázaro. Todos faziam oferendas. Chegava gente com galinhas debaixo do braço e sacos de feijão e enfeites de muito brilho. Até os credores beijavam seus pés.

De seu trono lá no Paraíso, o Pai Divino havia se dignado a pousar seu olhar sobre aquele casario perdido nos confins de Alagoas, e havia escolhido o mais humilde de seus filhos para salvar o templo, sua casa, seu corpo, profanado pelos filhos de Satã.

O ressuscitado se fez santo milagreiro.

Cândido cobrava os milagres adiantado. Ele não era santo barato:

– *O que é que vocês querem?* – resmungava. – *O favor de Deus a preço de banana?*

Segundo as testemunhas sobreviventes, tudo ia parar nos puteiros e nos botequins da distante cidade de Maceió. Contemplando o óbolo na palma da mão, Cândido sentenciava:

– *Para que as moedas são redondas? Para que rolem!*

E assim passaram-se os anos.
Os mortos de fome não receberam nenhuma herança,
os paralíticos não caminharam,
não brotou cabelo nas cabeças dos carecas,
as solteironas não se casaram,
não choveu no deserto,
os anões não cresceram.
E um dia, Cândido morreu. E não ressuscitou.

Janela sobre o mar

Não está cravado num lugar. As montanhas e as árvores têm o destino na raiz; mas o mar foi, como nós, condenado à vida vagabunda.

Ares marinheiros: nós, homens da costa, fomos feitos de mar, não apenas de terra. E sabemos disso muito bem, mesmo que a gente não saiba, quando vamos navegando na maré das ruas da cidade, de café em café, através da bruma viajamos rumo ao porto ou ao naufrágio que espera por nós nesta noite.

História dos bruxos farristas dos mares do sul

Antigamente, a bruxaria toda vinha muito para as ilhas de Chiloé.

Quando os bruxos sentiam preguiça de voar, vinham a cavalo, montados num imenso cavalo marinho que jorrava ondas de espuma e de mau humor pelas ventas. Desembarcavam à meia-noite, pulando numa perna só, porque não têm duas, e com espelhos de bolso indicavam os eleitos para seus malefícios. Vistos de longe, pareciam pequenos fogos saltadores: debaixo do poncho levavam seus coletes de couro de defunto, bem acesos, bem untados de azeite humano, e com esses faróis iluminavam o caminho.

Nem sempre era desse jeito. Às vezes, se convertiam em peixes dentuços, que nadavam em terra seca, gulosos de carne de cristãos, e outras vezes apareciam na forma de morcegos que voavam buscando pescoços dignos de atenção. Aquelas corujas assustadoras, que abriam chagas incuráveis em tudo que olhavam, eram bruxos transfigurados, e bruxos eram também os corvos que grasnavam xingando e que, com um simples roçar de suas asas, deixavam as virgens grávidas.

Nas ilhas, roubavam mulheres. As mãos bruxas tinham boa publicidade, dizia-se que os fogos do inferno eram santo remédio contra os gelos do inverno, e várias damas de missa diária sonhavam com aquele sequestro.

Quando se cansavam de redimir beatas em suas festas de bruxaria, os bruxos abandonavam seus palácios de corais nos abismos do mar. Então emergiam das águas, peles fulgurantes de sargaços, e lançavam-se a navegar no navio fantasma.

Entre a Ilha das Gaivotas e a Terra do Fogo, muitos pescadores haviam visto aquele esplendor de velas vermelhas rompendo mar e se desvanecendo na neblina negra; e haviam escutado os ecos da música alvoroçada e os mil risos da farra incessante que ocorria a bordo. E vários moradores juravam, com os dedos em cruz, que o navio fantasma havia entrado no porto de Tren-Tren, perseguido por um bando de pássaros, para reparar o casco avariado em remotas correrias, ou que o navio andava rondando as vizinhanças das covas de Quincavi, onde os bruxos carregavam água da cascata que apaga os batismos.

Naqueles tempos, o navio fantasma era uma alegria da noite.

Em certo momento sem data e em certo lugar sem mapa, eles encontraram o que os outros buscavam. Encontraram sem querer. Segundo consta nos Anais da História Brúxica, estavam perambulando na distância quando descobriram uma ilha envolta em vapores de ouro, luminosa de ouro em plena noite.

Os bruxos de uma perna só entraram seguidos por seus sapos fiéis, e seus saltos iam erguendo ouro em pó no ar dourado. Na ilha não havia ninguém. Enquanto avançavam para a montanha de ouro, ao longo da margem de ouro de um arroio, os bruxos viam ouro crescendo nas plantações e nos jardins, dourados carvalhos, laranjas de ouro, videiras transbordando cachos de ouro, e viam velhos esqueletos que ainda empunhavam o machado ou a espada. O caminho estava regado de ossos secos e cascos e couraças e arcabuzes cobertos de ferrugem. Fazia sabe-se lá quantos anos ou séculos que os fidalgos capitães e suas hostes de conquista haviam caído, apunhalando-se entre si, na vereda que conduzia às alturas do Eldorado.

Os bruxos nunca regressaram.

Às vezes o vento trazia longínquas queixas que não são as das almas penadas, nem dos afogados sem sepultura, nem dos náufragos que derivam atormentados pela fome e pelo frio. Nas desembruxadas costas do Chiloé, os escutadores do vento dizem que esses lamentos vêm do navio fantasma. Segundo eles, os bruxos foram condenados a vigiar o ouro e a vigiarem-se entre si, uns aos outros. O navio dá voltas em torno da ilha sem se deter jamais e sem jamais sair de seu círculo de espuma. Suas velas perderam a vontade do mar. Nem o vento se aproxima agora daquele cárcere lúgubre que range nas trevas.

Os barcos que ousam se aproximar ficam subitamente em seco, navegando no vazio, e os marinheiros indiscretos voltam a terra transformados em madeirame de naufrágio.

Janela sobre um homem de êxito

Não pode olhar a lua sem calcular a distância.
Não pode olhar uma árvore sem calcular a lenha.
Não pode olhar um quadro sem calcular o prego.
Não pode olhar um cardápio sem calcular as calorias.
Não pode olhar um homem sem calcular a vantagem.
Não pode olhar uma mulher sem calcular o risco.

História da Intrusa

E no sétimo dia, Deus descansou.
E recuperou a plenitude de sua energia.
E no oitavo dia, a criou.
(Gênesis, 2.1.)

Você veio pelo rio, na sua noite de boda. A cidade inteira estava no cais, de boca aberta, quando você chegou da escuridão, de pé sobre a espuma. As salpicaduras da água haviam a túnica branca grudado em seu corpo, e um diadema de vaga-lumes vivos iluminava seu rosto.

Lucho Cavalgante havia trocado seis vacas, que eram tudo que ele tinha, por você, para que a sua formosura curasse aquele corpo atacado pela solidão e humilhado pelos anos.

A noite foi festa. E ao amanhecer, debaixo de uma chuva de arroz, a balsa deu quatro voltas no rio e vocês se afastaram, perseguidos pelos adeuses das violas e das maracas.

Na noite seguinte, a balsa retornou. Você vinha, de pé. Lucho Cavalgante vinha deitado, naquele comprimento todo.

Lucho havia morrido sem haver tocado você, enquanto a túnica branca deslizava lentamente ao longo de seu corpo e caía, feito um novelo, a seus pés. Olhando você, o peito de Lucho havia explodido.

Foi velado todo coberto, porque estava roxo e com a língua de fora. E durante o velório, os dois irmãos de Lucho se esfaquearam entre si, disputando a herança, você, fêmea solitária, invicta e viúva.

Foi preciso abrir três tumbas.

Você ficou na cidade. O pai dos finados não perdia nenhum dos seus passos. Lá da margem, o velho Cavalgante perseguia você, com seu binóculo, enquanto você fazia os redemoinhos cantarem: ao amanhecer, você girava na água seu remo de pá larga e uma música rouquenha brotava da espuma. Sua cantoria das

pompas da água era mais poderosa que o campanário da Igreja. A canoa dançava, os peixes acudiam e todos os homens despertavam.

No mercado, você trocava linguados e robalos por mangas e abacaxis e azeite de palmeira. O velho andava atrás, arrastando o reumatismo, espiando seus passos. E quando você estendia-se na rede, espiava os seus sonhos.

O velho não comia nem dormia. Dessangrado pelos ciúmes, turbilhão de mosquitos que o mordiam dia e noite, foi perdendo a carne e o fôlego. E quando não restou nele nada além de um punhado de ossos mudos, foi enterrado ao lado de seus filhos.

Você não usava vestidos da Casa Paris, nem pulseiras, nem brincos, nem anéis, nem mesmo um prendedor em seu longo cabelo negro, sempre brilhante de banhos de cepa de bananeira.

Mas cada vez que você passava perto, Escolástico, que era paralítico, dava um salto. E lá ia você navegando pelas ruas da cidade, invulnerável ao pó e ao barro, e Escolástico sentia que o destino o chamava aos berros e aos berros mandava-o entrar em seu corpo e ficar lá todos os dias do ano que tivesse de vida.

– O *que eu faço aqui, fora dela?* – atormentava-se Escolástico, até que certa manhã, quando viu você passar, abandonou de um salto sua cadeira de rodas e correndo desapareceu, atropelado por uma bicicleta.

Quando havia maré alta, o rio chegava ao peito de Fortunato: ele era capaz de afundar qualquer barco com um braço, e com os dois, o trazia de volta à tona. Insaciável devorador de peixes crus e mulheres frescas, aquele sansão alardeava:

– *Minha espada de cabo peludo só faz filhos machos.*

Quando ele ia dar o bote em você, foi aniquilado por um raio. O raio, que caiu de um céu sem nuvens, surpreendeu Fortunato com a espada tesa e os braços esticados, na beira da rede onde você dormia; mas você continuou dormindo serenamente, sem perceber nada, e de Fortunato não sobrou nada além de um tronquinho de carvão eriçado, de três pontas.

Chamados pela sua fama de mulher muito mulher, que havia se espalhado por toda a costa do Pacífico, chegaram à cidade um jornalista e um fotógrafo do porto de Buenaventura.

Era noite de baile. Você estava girando no ar, no centro de uma roda de aplausos, os ombros quietos, as cadeiras num remelexo, os pés zunindo, pés ou asas de beija-flor, e em marés erguia-se a espuma das rendas sobre suas coxas escuras e radiantes. O jornalista chegou a murmurar:

– *Que sorte a minha,*
ter estado neste mundo,
tê-la visto.

e essas foram suas últimas palavras.

O fotógrafo enlouqueceu. Querendo prender a sua imagem de mulher alada, terra e céu, solo e sonho, ficou gago para sempre, e nunca mais parou de tremer. Fotografava estátuas, e elas se mexiam.

O padre Jovino sentiu uma rajada de cheiro de mar e descobriu você nas vizinhanças. Jogou um punhado de terra para frente, pronunciou os esconjuros fazendo o sinal da cruz, e jogou outro punhado de terra para trás. Quando percebeu você vindo para a Igreja, fechou a porta com cadeado e tranca de ferro e de madeira.

– *Padre* – você chamou.

Ele retrocedeu, apavorado. No altar, abraçou-se à cruz.

– *Padre* – você repetiu, grudada na porta.

– *Senhor, não me abandone!* – implorava o sacerdote, transpirando mares, incendiado pelos fogos da perdição.

Você ia se confessar. Foi embora. Foi chorando gotas de hortelã.

No dia seguinte, o padre Jovino untou-se de barro bento e atirou-se no rio, na curva profunda, atado ao Cristo. Logo depois, tiraram os dois. O padre estava afogado e Jesus, que antes suava e sangrava e piscava os olhos, deixou de pestanejar, e já não jorrava água nem sangue, nem fazia milagres.

As mulheres sempre haviam olhado para você de cara feia. Desde que você havia chegado à cidade, a chuva não chovia e os homens trabalhavam pouco e morriam muito. Alguém havia visto esporas nas suas sandálias e alguém havia visto você envolta numa nuvem de enxofre. Era público e notório que o rio fervia e fumegava onde você navegava, e os peixes seguiam você agitando freneticamente as barbatanas; e sabia-se que uma cobra visitava você todas as noites, deslizando até a sua rede, vinda da folha de palmeira do teto, e fazia o favor.

A cidade inteira condenava você, bruxa desdenhosa, mais festeira que rezadeira, por causa das suas artes de encantamento e feitiçaria ou por causa da sua beleza imperdoável.

E certa noite, você foi embora. Em sua canoa, de pé sobre as águas, você se desvaneceu na névoa.

Ninguém viu. Só eu vi. Eu era menino, e você nem percebeu.

Vejo você até hoje.

Janelas sobre a deusa do mar

Iemanjá vive nas profundezas da água. Lá ela recebe as oferendas. No dia de sua festa, os pescadores da Bahia navegam cantando louvores à deusa vaidosa e gulosa, e das barcas lhe propiciam agrados de perfumes e doces.

Quando gosta dos presentes, ela dá seus favores, ela dá os favores de seu amparo. Quando os rejeita e devolve às areias da praia as flores brancas, os espelhos, os leques, os pentes, os perfumes e os manjares, os pescadores tremem: terão ano ruim, ano de poucos peixes e muito perigo, e pelo menos um deles será engolido em alto mar para que Iemanjá acalme suas fúrias e suas fomes de mulher.

Janela sobre o corpo

A Igreja diz: *O corpo é uma culpa.*
A ciência diz: *O corpo é uma máquina.*
A publicidade diz: *O corpo é um negócio.*
O corpo diz: *Eu sou uma festa.*

História do homem que queria parir

As mulheres? Uma raça inferior, como os negros, os pobres e os loucos. Incapazes de liberdade, como as crianças. Destinadas a chorar e a gritar, a falar mal de suas próximas e a mudar todo dia de opinião e de penteado. Na cama e na cozinha, às vezes dão prazer. Fora dali, só desgostos.

Dom Seráfico sempre havia sido homem de ideias claras. Mas agora, no crepúsculo de seus anos, uma sombra danada nublava sua razão. Havia algo nas evas que não lhe inspirava desprezo nem lástima. Por mais difícil que fosse reconhecer, as invejava: elas podiam estar habitadas, e ele não; elas podiam ser dois, e ele não. Dom Seráfico não se queixava da vida, que muito gozo e muita fortuna lhe havia oferecido; mas ele não havia parido nunca, e os privilégios alheios o indignavam. Não estava disposto a ir embora deste mundo sem haver vivido a experiência do alumbramento:

– *Vou parir um filho* – jurou – *nem que seja uma filha.*

Outro juramento aconteceu por aqueles dias, nos montes vizinhos. Os caçadores haviam armado suas armadilhas e o tigre havia caído. O tigre implorou por ajuda de um mico que balançava dependurado num galho, mas o mico suspeitou. E o tigre jurou, beijando o ar:

– *Serei seu escravo.*

O mico abriu a armadilha e os dois foram embora. O tigre ia na frente, abrindo caminho e varrendo o chão que o mico ia pisar. Quando o mico sentava para descansar, o tigre o abanava com uma folha de bananeira.

Dom Seráfico entrou na tenda da dona Obanla, pôs aos seus pés uma torre de notas de dinheiro e avisou que não queria mulher mas tampouco queria marido, nem amante marinheiro, nem Espírito Santo.

Juana Obanla era a maga de Camajuani. Sem caracóis, nem baralho, nem bola de cristal, augurava aventuras, consolava desventuras e juntava o possível e o impossível.

A maga coçou a cabeça, meditou. E ficou absorta, ruminando pensares, até que recordou que os filhos estão feitos dos mesmos materiais que os sonhos e os pesadelos. Então, preparou a poção: sete colheradas de carbono, dezessete de hidrogênio, uma de nitrogênio e três de oxigênio.

Durante o dia inteiro, o tigre foi lacaio fiel. Mas quando a noite caiu, o felino pousou uma mão no ombro do mico. E não o estava abraçando, estava apalpando: o tigre bateu no peito e comentou, que nós, tigres, não devoramos a lua de pena da noite, que ficaria no escuro. Nesse ponto o mico explicou que sua pobre carne não faria nenhum favor a ninguém, enferma que está de hepatite, malária, sífilis e aids.

– *A gente acaba mesmo tendo de morrer de alguma coisa...* – meditou o tigre, enquanto o mico escapulia e, de um salto, desaparecia.

Nove luas se passaram.

Dom Seráfico não tinha nenhum filho, nenhuma filha, na barriga, mas havia sido aniquilado pelo alvoroço de duzentas e setenta noites de esforço incessante. Mal apoiava a cabeça no travesseiro e fechava os olhos, e o sonho o condenava a cumprir proezas extenuantes:

ele corria sem parar, durante a noite toda, perseguido por um trem louco que mordia seus calcanhares,

ou trepava num pau de sebo enquanto os crocodilos o esperavam lá embaixo, com bocarras escancaradas, ou passava a noite inteira fazendo amor com onze mil virgens da escolta de Nossa Senhora da Caridade do Cobre, e uma após outra o atropelavam, ondulando a dança do ventre, e o reviravam, atirando-se nuas em seus braços.

Despertava num jeito de dar dó. Arrastava-se a duras penas até o terreiro e jogava água fria na cara, com pânico que brotassem palavras ou lagartixas, em vez de água, da boca do manancial.

Quando a nona lua iluminou a mata, o tigre e o mico estavam esquálidos e esgotados; mas o perseguidor não abandonava a busca de seu jantar fugitivo. Seus passos soavam cansados, mas faziam crepitar as folhas secas, e ainda zumbiam suas orelhas, anunciando o salto mortal; seus rugidos afônicos chamavam o foragido e lhe ofereciam saliva para empapar, língua para encurralar, presas para triturar. Assim eram os dias, tempo das cores, e assim eram as noites, tempo de odores.

Agora dom Seráfico tinha dois problemas: continuava sem dar à luz e sofria a maldição do sonhar incessante.

Viajou à cidade, recorreu à ciência. Pagou consulta em dobro para a eminência mais alta.

O doutor Bonfin escutou-o sem mover um músculo. Dom Seráfico explicou que havia decidido engendrar em seu próprio ventre, sem mulher, o príncipe que coroaria sua estirpe; e prometeu tudo que tinha a troco da fórmula da gravidez masculina. O doutor Bonfin avisou:

– *Parir dói.*

Enfiou um funil na boca da frente e com uma rolha tampou-lhe a boca de trás. Deitou o paciente e esvaziou pelo funil um caldeirão cheio de óleo de rícino.

Então, dom Seráfico pediu a receita contra o tormento dos pesadelos que o acossavam. O doutor Bonfin limitou-se a perguntar se ele dormia com os braços sobre a coberta ou com os braços cobertos, e se dormia com as mãos fechadas ou abertas.

Dom Seráfico não conseguiu fechar as pálpebras nunca mais na vida; mas naquela tarde, saiu do consultório em avançado estado de gravidez.

A prudente distância do inimigo, o mico deitou-se para dormir uma sesta na copa de uma árvore alta. Sesteando estava, quando escutou gemidos humanos. Espiou: debaixo dos galhos, havia um homem redondo de cócoras. Com sua enorme barriga apoiada no chão, dom Seráfico gemia, suando fogo, suando gelo. O mico deslizou para a terra e sentou-se, silencioso, para contemplar o espetáculo.

Quando a rolha saltou fora e aquele balão explodiu, um trovão de mil trovões fez o mundo tremer; e o mico deu um pulo para o alto.

Dom Seráfico, esvaziado, derrubado, chegou a vê-lo. E banhado em lágrimas, choramingou:

– *É feinho, mas é meu.*

Janela sobre o alumbramento

A mulher habitada sabe quando e sabe o quê. Sabe quando pelo que dizem a lua e o corpo. Sabe o que pelo que dizem os sonhos. Se ela sonha com fios e jarras, terá filha. Se sonha com metais, chapéus ou ovos, terá filho.

Então ela se ajoelha, solta os cabelos, bebe um gole de aguardente; e ajoelhada, dá nascimento.

As mãozinhas do menino ou da menina tocam uma enxada, um machado e um facão. Com tição da cozinha, a mãe marca o centro da cabeça da criança.

O umbigo é deixado na copa da árvore mais alta.

É assim que se nasce em Chamula.

História do superdotado, suas façanhas e seu destino espantoso

Agachando-se pelos morros, os curiosos espiavam de longe. Encarnación tinha uma cabeçona de orelhas de abano e cabelo de fogo, mas à distância só dava para ver o seu arpão, que ele puxava arrastado, como um rabo longo: nos dias de calor, Encarnación refrescava o arpão no rio e depois o estendia na margem para secá-lo ao sol, e nas noites de frio, usava-o enrolado em volta do pescoço.

Falava-se que o espantalho havia nascido da proibida paixão de um pai pela própria filha, e falava-se que aquele instrumento descomunal servia para bater nas portas, para cravar postes e para

o incessante exercício da sua luxúria. Nos ardores da primavera, Encarnación havia chegado a sentar até seis mulheres sobre seu teso travessão, e com elas ali, havia brincado de ser gangorra. E certa noite, enquanto estava deitado dormindo, o monstro da lascívia havia se excitado nos sonhos, e erguendo seu mastro havia esburacado as telhas do teto.

Falava-se, sabia-se. Ninguém, nunca, havia se aproximado.

Caiu a noite e um andar triste atravessou os campos. Encarnación caminhava sozinho como sempre, naquelas solidões para sempre solitárias, quando foi surpreendido pelo aguaceiro. Na imensidão descampada não havia nenhuma árvore. Crivado de chuva, tiritando de frio, Encarnación adivinhou uma rocha nua que se erguia no verdor. Um relâmpago a iluminou; a rocha tinha teto, e aos seus pés havia um galpão e um curral.

As três irmãs o fizeram entrar e trancaram a porta. Uma soltou aquela coisa que protegia o pescoço dele, tirou suas roupas empapadas e envolveu-o num cobertor. Outra atiçou o fogo, e na beira da lareira convidou-o a se estender sobre um couro de ovelha. A terceira levou-lhe à boca um caldo de *muñamuña* regado de pimenta vermelha, pamonhas de crista de galo besuntadas de mel virgem e uma panqueca de colhões de cabrito fritos em manteiga de amendoim. Encarnación bebeu vinho quente, vinho de milho misturado com pó de chifres de cervo, escutou a Bíblia de Jerusalém: as devotas recitaram para ele os versículos que ensinam que melhores que o vinho são os beijos da tua boca.

Lá fora, já não chovia.

Rompeu o dia no horizonte de montanhas e o pai das donzelas, que vinha cavalgando de longe, viu sangue no céu.

Desencilhou, descarregou no galpão as coisas que havia comprado na aldeia e foi até o curral de pedras. Suas filhas não haviam soltado os animais. No galinheiro, as poedeiras dormiam sobre seus ovos e não tinham nenhum grão para comer.

Horrível suspeita: o pai reuniu seus distantes vizinhos. Um exército, eriçado de machados, marchou ladeira acima, até a casa da colina.

Silêncio.

O pai derrubou a porta com um chute. Ninguém lá dentro percebeu o estrondo, ninguém foi acordado pela violenta luz do dia. Elas dormiam, pertinho das brasas, nuas debaixo das mantas, e sem piscar continuaram dormindo. O tarado, também dormindo, também nu, balançava do teto, suavemente, com sua serpente enrolada na viga-mestra.

O pai correu. Facão na mão, atirou-se sobre a tenebrosa criatura que havia desgraçado suas filhas. Mas antes que o aço o tocasse, Encarnación desintegrou-se num relampejar e tornou-se apenas um punhadinho de pó de enxofre no chão de terra.

Na missa de ação de graças, o sacerdote celebrou o fim do pesadelo dos cristãos. Encarnación havia sido um sonho de Belzebu, e havia desaparecido no ar quando Belzebu despertou, lá nas profundas do inferno.

E passou o tempo molhado, e passou o tempo seco, o tempo do barro e o tempo do pó. E na bacia do rio Paute nasceram três meninos, de enorme cabeça vermelha e corpinho de aranha. Os três vieram com um apêndice longuíssimo, que a parteira confundiu com o cordão umbilical.

Janela sobre o medo

A fome come o medo. O medo do silêncio atordoa as ruas,
O medo ameaça:
Se você amar, vai pegar aids.
Se fumar, vai ter câncer.
Se respirar, vai se contaminar.
Se beber, vai ter acidentes.
Se comer, vai ter colesterol.
Se falar, vai perder o emprego.
Se caminhar, vai ter violência.
Se pensar, vai ter angústia.
Se duvidar, vai ter loucura.
Se sentir, vai ter solidão.

História do tesouro que foi desenterrado e de como se cumpriu sua maldição

Debaixo de um sol de castigo, o cronista navega o rio Caroni à procura do caçador de tesouros.

Quando o encontra, oferece-lhe um almoço e recebe uma história.

Dom Espírito Morales beija o copo e o rum desaparece. Serve outro, brinda:

– *Pelo pretexto.*

A travessa de manjares de milho, milho tenro envolvendo o queijo de cabra, milho maduro abraçando o presunto, evapora-se num piscar de olhos.

– *Fuma?* – pergunta dom Espírito. É sua maneira de pedir cigarro.

No salão familiar *O Bom Gosto,* à sombra do teto de madeira e folha de palmeira, o cronista espera. Prova alguma coisa, bebe um golinho, e espera. Chegou o ensopado de frango, fumegante, abundante, carregado de coentro, e dom Espírito mergulhou na cumbuca de louça branca com beiradas azuis.

Liquidado o ensopado, e antes que o molho da peixada ocupe a boca de dom Espírito, o cronista recebe suas primeiras palavras. E fica sabendo que o tal tesouro havia reunido as fortunas de vinte e oito templos. Foi no ano de 1817, tempo de rebelião, tempo de saques, e mais de cinquenta mulas haviam carregado o ouro e as pedrarias das igrejas para o convento da missão dos padres catalães, em San Serafín. E lá, o padre Inocêncio havia enterrado, em local secreto, o tesouro dos tesouros:

– *Numa noite de bebedeira, longe daqui, fiquei sabendo. Quem me contou foi o neto do neto do frade. E não foi de graça, não senhor.*

O neto do neto exigiu vinte e cinco por cento, e dom Espírito achou que era justo.

E vem a peixada.

E depois:

– O *senhor fuma?*

Dom Espírito dá umas pitadas, e liquida o copo de rum.

E conta. Um pescador levou-o até as ruínas da missão. Não havia ninguém lá. Numa paineira vivia o fantasma do padre Inocêncio; e as pessoas se apavoravam. O pescador conhecia a única pessoa que falava com o morto:

– *Para me dizer quem era, pediu dez por cento. Achei que era justo.*

Chegou a vez do cabrito. Uma caçarola de cabrito no leite de coco. Dom Espírito não deixa nem rastro. E da guarnição, nem um grãozinho de arroz.

– *Dom Machuca de Guasipati* – prossegue – *se entendia com o frade, palavra a palavra. Me disse que não usasse faca nem revólver, porque o fantasma era meio assustado. E lá fomos nós.*

Dom Espírito dirige um olhar implorante na direção da cozinha. O cronista concorda, tranquilizando; e serve mais rum.

E o protagonista espanta algumas moscas, acomoda a cadeira:

– *Sabe de uma coisa? Dom Machuca cobrou vinte e cinco por cento.*

E explica, querendo convencer e se convencer:

– *Não havia outro intérprete.*

E conclui:

– *Achei justo.*

À meia-noite, ocorreu a declaração do espectro.

Entre os galhos da árvore imensa, uma luz serpenteou. A luz soltou-se da copa frondosa e avançou atropelando. Os intrusos recuaram num salto. Então a luz se deteve e retrocedeu, entrando na árvore.

Espiando por trás do ombro de dom Espírito, que lhe servia de escudo, dom Machuca suplicou:

– *Não vá embora, padre.*

E logo depois um vulto branco e alto encostou-se no tronco e comentou:

– *Devia ir.*

Frei Inocêncio falava com voz gasta, do tanto que havia morrido, mas soava bastante natural.

Dom Machuca introduziu o assunto.

– *Eu até poderia* – disse a luz embatinada.

Dom Machuca queria chegar a um acordo, e ele repetia:

– *Eu até que poderia.*

Sempre escudado atrás de seu cliente, dom Machuca sussurrou:

– *Faça uma oferta.*

E dom Espírito ofereceu:

– *Pela tua redenção, pobre alma penada, ofereço sete missas com seus responsos, catorze sudários e vinte e um rosários que rezarei a cada dia, até que a paz volte à sua alma.*

Então a luz relampejou e desapareceu. Não adiantou nada dom Espírito golpear o tronco da paineira:

– *O padre Inocêncio está?*

Novas travessas fumegantes iniciaram a viagem até a mesa, mas dom Espírito consegue contar a tempo. Após muitas idas e vindas, certa noite o fantasma reapareceu e com dedos brancos desenhou uns vaporosos sinais na escuridão. Dom Machuca traduziu: o padre exigia cinquenta por cento de todos os benefícios gerados pelo patrimônio imobilizado, livres de impostos e limpos de qualquer outro encargo, limpinhos. No fim, conformou-se com quarenta.

– *E o senhor achou justo?* – pergunta o cronista.

O caçador de tesouros suspende no ar uma colherada de gordos feijões avermelhados:

– *Ora. O senhor já discutiu com defuntos alguma vez?*

E dom Espírito liquida uma suculenta madeixa de fios de carne banhados em tomate, pimentão e ovo, enquanto uma nova garrafa de rum aterrissa entre os pratos.

Na hora marcada, atravessaram o mosteiro onde jaziam os ossos dos padres do convento. O fantasma não fazia ruídos de correntes que se arrastavam. Na verdade, voava.

– *Siga-me, meu filho* – ordenou, erguendo uma tocha de alcatrão, e os quatro seguiram: o neto de seu neto, o pescador, dom Machuca e dom Espírito.

O padre Inocêncio, que tinha posto uma peruca de Virgem do Carmo para disfarçar a idade, atravessava os muros como se fossem de neblina; e assim os abria para o resto da comitiva.

Penetraram até o fundo do convento carcomido e desceram para as suas entranhas. Num canto final, no único lugar que o suor das pedras não as molhava, o frade disse:

– *Aqui.*

No desenterro, estavam todos.

Contemplando.

Ninguém ajudou. Dom Espírito teve que cavar sozinho. E quando o poço estava mais alto que ele, a arca arrebentou a pá.

Não havia joias. A arca estava cheia de moedas: onças, rúpias, piastras, dobrões. Havia talentos do mar Egeu e dracmas da Pérsia, tabmis dos faraós do Egito e dirhems dos califas de Córdoba, libras da Sicília e dinares de Roma, florins de Florença, ducados de Aragão, maravedis de Castela.

Dom Espírito mastiga douradas moedas de banana frita.

– *Sabe com quanto fiquei?* – diz, e uma pequena efígie emerge de suas roupas esfarrapadas.

– *Ninguém quis ficar com ela* – diz.

O cronista a apanha, olha, e ela olha o cronista: uma santa talhada em madeira de jacarandá, carcomida e feiosa, que não tem olhos e mesmo assim olha.

– *Ah!* – suspira o descobridor de tesouros, sorrindo de orelha a orelha: chegou a carne assada, jorrando delícias.

— *Não entendo* – diz o cronista. – *O senhor me desculpe.* Dom Espírito estala a língua, concentrado em seus assuntos.

– *Tanto trabalho para quê? Não entendo.*

Dom Espírito esgrime uma costeleta de porco, aponta o peito do cronista:

– *Mas, rapaz* – diz. E continua comendo. E o cronista cala.

E bem mais tarde, dom Espírito espeta o ar com uma coxa de frango:

– *Eu procurei o tesouro* – diz. – *E encontrei. Eu.*

– *É verdade. E o que o senhor ganhou com isso?*

O descobridor lambe os dedos e diz:

– *O jogo é o jogo, e é fogo.*

A região inteira o saudou. Deu a mão a tanta gente que a mão ficou afiada e fininha como uma faca velha.

Mas a festa durou pouco. O triunfante caçador de tesouros continuava na maior das misérias, vivendo de convites. A Comissão das Damas do Fomento do Rio Caroni e a Sociedade Protetora de Animais e de Pobres não demoraram em repudiá-lo publicamente, acusando-o de avarento, e o Santo Papa de Roma moveu uma ação contra ele, acusando-o de roubo. E na região inteira espalhou-se rapidamente a suspeita de que o muito milionário havia tornado a enterrar, sabe-se lá onde, a arca completa.

Um cachorro vira-latas coça o lombo na porta do refeitório e vem estender-se perto da mesa.

Dom Espírito recebe a bandeja de frutas. O canivete despe um abacaxi maduro.

– *Outra coisa que não entendo* – insiste o cronista. – *Porque eles mesmos não tiraram* o *tesouro?*

E o cronista arrisca com os dedos e pesca uma uva na bandeja que dom Espírito protege com os braços.

– *Digo: eles. Eles sabiam. Por que esperaram tanto tempo? Por que foi preciso que o senhor viesse?*

Dom Espírito coça a barba de vários dias sobre um carril inchado de frutas.

– *Porque são uns babacas.*

E termina de engolir e, balançando a cabeça, diz:

– *Acreditavam na maldição.*

Toma conta da nêspera, cospe alguns caroços.

– *Desenterrar o tesouro trazia desgraça. Acreditavam nisso.*

E ri sem parar, e tossindo dá a sentença:

– *Veja só, como existe gente supersticiosa, não é mesmo?*

O cronista gostaria de fumar, mas dom Espírito está transformando seu último cigarro em fumaça.

Um mosquito atormenta o ouvido do cronista, crava nele sua lança.

Alguém assovia.

O cão estendido persegue as viagens com o olhar: a viagem da fumaça, a viagem do mosquito, a viagem do assovio.

Janela sobre a herança

Pola Bonilla modelava barros e crianças. Ela era ceramista de mão-cheia e mestre-escola nos campos de Maldonado; e nos verões oferecia aos turistas suas esculturas e chocolate com *churros.*

Pola adotou um negrinho nascido na pobreza, dos muitos que chegam ao mundo sem ter com que, e criou-o como se fosse um filho.

Quando ela morreu, ele já era homem crescido e com ofício. Então os parentes de Pola disseram a ele:

– *Entre na casa e pode levar o que quiser.*

E ele saiu com uma fotografia dela debaixo do braço e se perdeu nos caminhos.

História da redenção da pobreza

O derradeiro galo já tinha virado sopa. As viúvas cavavam a terra à procura de grãos; e encontravam lixo.

A aldeia estava nas últimas. Não havia mais nenhuma única moeda para pagar aos mercadores que muito de vez em quando passavam por ali. Eles cobravam levando a única coisa que havia: as mulheres ficavam com cabeça rapada e os homens com um rim só.

Em plena noite, Felicindo foi pescar alguma coisa para aliviar a fome. Ia a caminho do rio, quando de repente o mato despencou em cima dele e o encurralou. Os tentáculos cheios de espinhos cortaram-lhe o passo e atacaram. Felicindo se defendeu a golpes de facão, mas os galhos cortados tornavam a se unir e o

matagal cortado tornava a se erguer. E o mato já o estava devorando, quando de repente uma língua de fogo abriu caminho para Felicindo, no meio do emaranhado.

A chama partiu o matagal e continuou sua viagem rumo ao horizonte. Lá longe, tornou-se arco-íris. Imóvel entre as plantas caídas, Felicindo viu o arco-íris abrindo sua longa cauda de cores através do negror do céu, e ficou pasmo.

Na noite seguinte, Felicindo caminhava para o bar *Cirrose* – que antes havia sido a pastelaria *O alquimista* nos tempos remotos em que o pessoal comia – quando um desconhecido emergiu do barranco e começou a andar ao seu lado.

Brilhava o passante, vistoso, nunca visto: exibia joias de ouro puro, e um enorme chapéu de peão, lavrado de diamantes, cobria a sua cara. Caminhava sem ver, mas com passo firme; e apesar da escuridão, Felicindo pôde notar que um de seus pés calçava bota e espora e o outro era um casco de cavalo.

Não trocaram nenhuma palavra. No meio do caminho, o caminhante parou para fumar. Não ofereceu, e Felicindo teve a

atenção chamada para o estilo: o homem arrancou um dólar da orelha, esfregou-o contra a unha, fez chama. Quando acendeu o cigarro, todas as suas roupas se iluminaram feito brasa ardente, da única bota ao chapéu de Jalisco, empetecado de joias.

Felicindo ia solicitar um pequeno empréstimo, mas um galo cantou, bem nesse instante, nas casas. Era o último galo da aldeia, o galo sacrificado, cantando da morte: cantava fora de hora, pelo puro prazer de incomodar. E assim que o cacarejo rompeu a noite, o luxuoso cavalheiro desvaneceu-se no monte, fogueando entre a ramagem.

Depois, passou um tempo sem visita. Em vão Felicindo perambulou pelos matos, à procura de alguma pista de chispas no ar. Não conseguia dormir, não conseguia pescar, não conseguia nada: o fogo havia roubado sua trilha.

Quando o fulgor voltou, foi fulgora, foi senhora que no alto de um morro brilhava de luz negra. Cobrindo-se com uma negra sombrinha de seda, protegia-se dos frios raios de lua; e um véu de renda negra ocultava seu rosto. A brisa levantou-o levemente e ela ofereceu a boca. E Felicindo a beijou.

– *Obrigada* – disse a dama da noite, com voz rouca, garganta castigada pela vida malvada, e repetiu:

– *Obrigada.*

Aquela voz de lixa estava quebrada de emoção. O diabo era um pobre diabo condenado a meter medo, e Felicindo havia sido o único bicho humano que não havia se assustado, nem o havia insultado, nem o havia denunciado, nem lhe havia oferecido a alma a troco de poder ou riqueza.

– *Vim para lhe trazer um presente* – anunciou a voz áspera, por trás do véu negro. Era a fórmula para sair da miséria:

– *Existe uma vida diferente em algum lugar* – revelou-lhe junto ao ouvido – *e esse lugar está aqui.*

– *É pobre, eu* – disse Felicindo.

– *Não, compadre. A fortuna o rodeia.*

Suas luvas negras apontaram para tudo que estava à sua volta:

– *Diga, compadre. O que está vendo?*

Felicindo olhou à sua volta. A terra seca, a terra cascuda:

– *Pedras* – disse.

No dia seguinte, Felicindo encheu um saco de pedras, jogou-o às costas e começou a caminhada para a cidade de Oaxaca.

Caminhou vários dias, curvado pelo peso. E num mercado dos subúrbios, sentado no chão, anunciou sua mercadoria. Desde o amanhecer, Felicindo passou gritando:

– Pedras! Pedras!

Ninguém comprou.

Quando saiu a noite, deu-se por vencido. Recolheu suas pedras, e com as pedras às costas e a alma nos pés, abandonou o mercado vazio.

E começou o regresso. A noite estava fria e Felicindo tremia de gelo e solidão. Na saída da cidade, encontrou um vulto no meio do caminho. Era uma velha que comia tortilhas, enrolada num manto, indiferente aos automóveis que passavam roçando-a. À luz da lua, só se via sua boca em movimento. A velha ofereceu a Felicindo umas tortilhas, e deu-lhe uma máscara, para que se abrigasse:

– Com isso, cubra a sua cara, que é o que tem de mais despido.

E Felicindo, mascarado, seguiu viagem, até que depois de muito andar cruzando campo, viu fogo entre uns rochedos, às costas de um morro. E deitou sua carga ao chão e ali, pertinho da fogueira, se deixou derrubar, e dormiu.

Felicindo não tinha visto que havia outros homens dormindo no calor. Eles despertaram antes dele, com as primeiras luzes, e ao vê-lo, gritaram:

– O diabo!

e perderam-se em disparada no horizonte.

A gritaria fez com que ele pulasse. Felicindo viu aquele pessoal voando na poeira, e num prado vizinho viu algumas mulas pastando.

Os ladrões haviam abandonado, nos alforjes das mulas, os lingotes de ouro do banco que tinham assaltado.

Andando com passo de glória, Felicindo voltou à aldeia. As mulas encabeçavam a caravana da fortuna. Mas na aldeia não ficou ninguém. Todos fugiram apavorados, e até a mulher de Felicindo, que havia sabido ser bagunceira e bandida, mulher de bronca e briga, deu um berro ao vê-lo, e correu buscando um crucifixo.

Felicindo tentou tirar a máscara com as unhas, e tentou com água e com aguardente, com detergente e com palha de aço e com esponja de arame.

E até hoje continua querendo arrancar a cara que o espelho devolve a ele todos os dias.

Ele se consola sabendo que esse é o mesmo problema de quase todo mundo.

Janela sobre as máscaras

Ñato Garcia se fez de louco na Austrália.

Entardecia, e ele estava olhando o mesmo sol que se apagava em Melbourne enquanto se acendia em Montevidéu, e decidiu ficar louco.

Teve delírios e alucinações. Lutou contra os inimigos invisíveis, lançando murros no ar, e passou dias e noites sentado contra uma parede, sem fechar os olhos. Negou-se a falar, porque o diabo da loucura entrava por sua boca aberta. Negou-se a dormir, com pânico de morrer da loucura da noite. Aguentou pílulas, injeções, choques elétricos. E finalmente, depois de quatro anos de Ñato se proibir qualquer normalidade, os médicos australianos se convenceram de que ele era um caso incurável.

E assim Ñato conseguiu uma passagem de volta, e conseguiu uma boa aposentadoria para viver sem trabalhar o resto da vida. Pela última vez se olhou no espelho de sua casa em Melbourne, disse adeus ao louco e entrou no avião.

E chegou à cidade de suas saudades.

Em Montevidéu, procurou. Procurou a casa da infância, e havia um supermercado. No terreno baldio onde havia feito amor pela primeira vez, encontrou um estacionamento. Procurou seus amigos. Já não estavam. Procurou e se procurou, e em nenhum lugar se encontrou, e então mergulhou na dúvida:

– *Quem terá ficado lá em Melbourne, o louco ou eu?*

Uma vez por ano, e somente uma vez, Ñato se reconhece no espelho. Chega o carnaval, com o troar dos tambores, e Ñato se reconhece. Isso ocorre quando o espelho devolve a ele sua cara de fantasia: nariz de palhaço, um riso grande pintado sobre os lábios, a lua entre as sobrancelhas e as estrelas esparramadas pela cara afora.

História da arte da fuga

— *Veja só, Primeiro.*

– Diga lá, Segunda.

Ela estendeu o binóculo para ele. Lá do alto do mirante, o senhor de Tucumã divisou um inseto que parecia perdido na vasta terra vermelha. O inseto crescia, e o binóculo não demorou em revelar que se tratava de um homenzinho, um andarilho que vinha malandando.

E então dom Primeiro descobriu que sua filha Dolores estava lá embaixo, parada no meio do campo, esperando o malandante.

Cantalício Galante havia chegado, caminhando fora de prumo, da serra azul. Não tirou o chapéu da cabeça, nem jogou fora o cigarro apagado dependurado em seus lábios. Dolores olhava-o no rosto. Ele não, porque ela era tão linda que, se a olhasse, seus olhos doeriam. Cantalício olhava o chão, as pestanas tensas, mas o olhar escapulia e percorria a sombra daquela mulher, e chegava aos tornozelos dela, e querendo olhar subia pelas pernas que a brisa adivinhava debaixo da saia de linho.

Nem com palavras se tocaram.

Dom Primeiro ria de fúria, batendo com os punhos na cabeça e trovoando ameaças contra aquele mocinho atrevido, pedaço de inútil, inútil como teta de homem; mas não o matou. A lei o autorizava, a lei que ele ditava; mas não o matou. Preferiu exigir-lhe três tarefas.

Dom Primeiro mandou rechear uma almofada com plumas de sapos. Cantalício, sentado, murmurava:

– *Sapo com plumas, nunca jamais se viu nenhum.*

Mas Dolores foi até a lagoa onde viviam os cinquenta sapos que tinham vindo do longínquo Rio Parapeti.

Naquele rio, um sapo havia desafiado a avestruz para uma corrida. Após alguns passos enormes, a avestruz perdeu seu rival de vista. Procurou-o, olhando para trás; e o sapo apareceu pulando lá na frente. E assim ocorreu cinquenta vezes, ao longo daquela corrida que não acabava nunca: a avestruz procurava o sapo lá atrás, e sempre o encontrava lá na frente. Até que finalmente a avestruz, exausta, pagou sua derrota despindo-se e entregando todas as suas plumas. E os cinquenta vencedores, que haviam se sucedido pelo caminho afora, ficaram morando naquela lagoa, lá

onde Dolores foi. Ela contou suas penas de amor e os sapos deram para ela, de presente, seu troféu.

Cantalício entregou a almofada recheada, cumprindo as ordens, com as plumas dos sapos. Então dom Primeiro exigiu um garrafão de lágrimas de pássaros.

E virando a cara para o chão, Cantalício murmurou:

– *Pássaro que chore, nunca jamais se viu nenhum.*

Sentada ao seu lado, com a cara virada para o céu, Dolores andava nas nuvens. Pelos prados do céu galopavam cavalos com crina de mulher e cauda de serpentes; pelo mar lá de cima navegavam navios de velas e bandeiras.

De repente, Dolores levantou-se num salto e apontou uma nuvem que voava, lenta, com as asas abertas.

Quando a nuvem chorou chuva, ela encheu o garrafão.

Cantalício esfregava uma espada num trapo. Era a prova final. Dom Primeiro havia mandado a espada ficar sem nem uma única mancha; mas a mancha de sangue voltava. Cada vez que o trapo a limpava, a folha de aço transpirava sangue.

– *Com essa espada ele te matará* – adivinhou Dolores, e antes da meia-noite os dois fugiram. Ela cavou sete buracos no chão do dormitório e em cada um deixou cair uma gota de saliva; e ao partir, levou uma tesoura, um punhado de cinzas, um punhado de sal, um pente e um espelho.

Sete vezes perguntou dom Primeiro:

– *Você está aí?*

E sete vezes a saliva respondeu:

– *Estou aqui.*

Na oitava vez, o pai botou a porta abaixo.

Montado na leitoa negra, perseguiu os dois.

A leitoa voou sem desvios; e os fugitivos a viram chegar, trovão e pé d'água, à luz da lua que os delatava. Então Dolores atirou a tesoura, que caiu de ponta no caminho. Onde a tesoura caiu, ergueu-se uma parede de montanhas pontudas.

O trovão da caçada despertou-os de manhã. Quando a leitoa emergiu da montanha a todo galope, Dolores jogou um punhado de cinzas no ar, e o novo dia foi coberto pela cerração. Ao amparo da cortina de névoa, escapuliram.

Dolores corria, arrastando seu amor andarilho; mas a cada dois por três Cantalício tropeçava e se derrubava no capim, querendo beijar e fumar e dormir um cochilo debaixo do chapéu.

E novamente escutaram o ruído. A leitoa e seu cavaleiro, redemoinho rugidor, avançavam cegos quando Dolores jogou para o alto o punhado de sal, e um dilúvio de granizo deteve o ataque.

Cantalício vinha que vinha, ao tropeços. Arfante, fora de esquadro, não conseguia mais. O intrépido galã já estava disposto a devolver a dom Primeiro sua propriedade mais apreciada, e ensaiava mentalmente um discurso que invocava a reconciliação nacional e lançava aos céus as pombas da paz e arrancava lágrimas das pedras; mas Dolores o erguia, o sacudia, o empurrava e proclamava que é melhor morrer juntos que deixar só as metades sobreviverem.

Quando a leitoa voltou ao ataque, bala de canhão que ninguém parava, Dolores jogou o pente. Uma selva de ramos brotou num piscar de olhos, e atravessou o mundo de horizonte a horizonte.

A leitoa demorou um longo tempo almoçando aquele matagal fechado. Quando comeu o último galho, disparou novamente, gemendo de sede, com o vento zumbindo debaixo da pança e dom Primeiro agarrado em seu lombo. Então Dolores atirou o espelho, e no mundo se abriu um lago grande feito o mar.

Dom Primeiro espetou as esporas em vão, enquanto cuspia maldições. A leitoa tinha decidido beber, e já não tinha nenhum interesse no castigo dos delinquentes, que se perderam de vista.

Dona Eva, a mãe de Cantalício, não se surpreendeu que Dolores tivesse vindo de tão longe atrás dele. Ela sabia muito bem que no mundo não havia mulher digna daquele seu tesouro; e para confirmar isso, deixou uma vassoura caída no chão do saguão.

Mas Dolores não só não passou por cima da vassoura, como empunhou-a e varreu a casa. E não varreu apenas a casa: varreu a vizinhança inteira e depois a cidade inteira e a cidade vizinha e toda a região.

O padre casou os dois. Houve festa, bebelança e comilança, e oferendas de mel e de vinho e de emulsão de Scott.

E se na cidade houvesse jornal, o jornal teria informado que, após agradável noivado, Dolores Primeiro e Cantalício Galante formaram feliz matrimônio, unindo para sempre suas jovens vidas em solene cerimônia que selou seus destinos diante do Todo-Poderoso, até que a morte os separe.

No dia seguinte, Cantalício armou um barquinho num guardanapo de papel, e foi-se embora.

Dolores agarrou-o bem no momento em que ele ia pela sarjeta, na direção do rio.

Janela sobre sorte

Na véspera de São João, ardem as fogueiras nas margens da ilha de Porto Rico.

Nessa noite as pessoas se jogam de costas no mar, para espantar a desgraça e as más vibrações; e as moças casadouras comem um ovo com muito sal, quando vão se deitar, para que alguém venha lhes trazer água fresca nos sonhos.

Durante a noite de São João florescem a figueira, a hortelã e o bambu; e ao amanhecer as pessoas saem à procura desses talismãs.

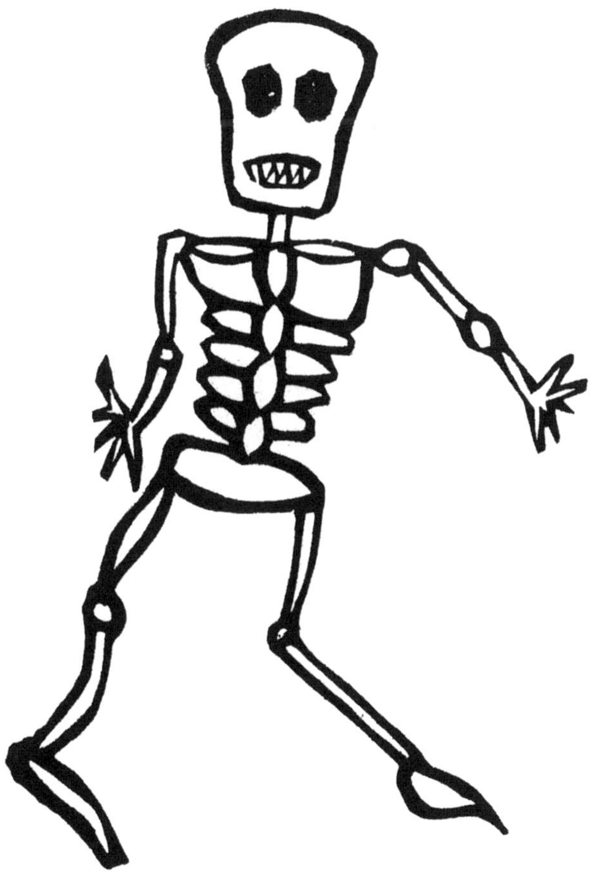

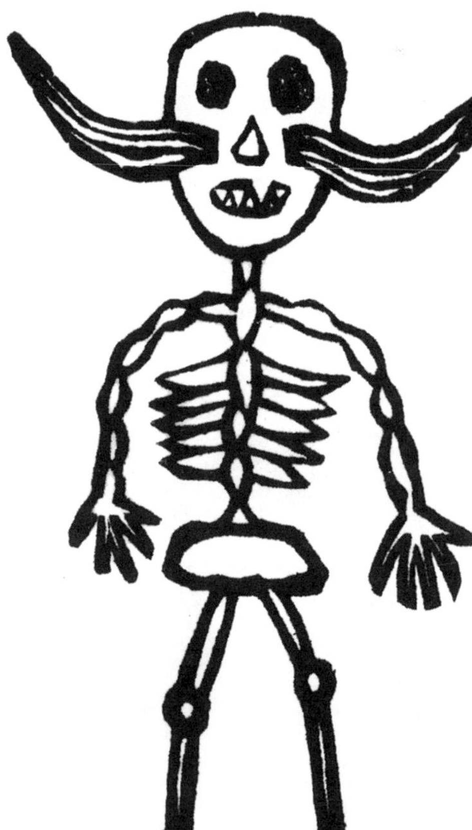

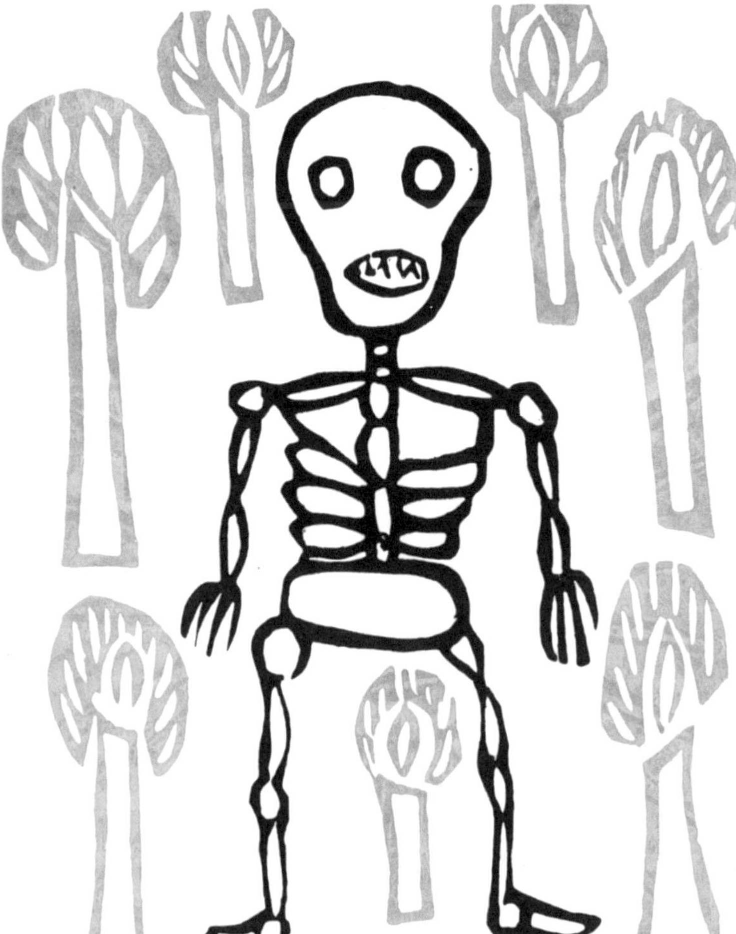

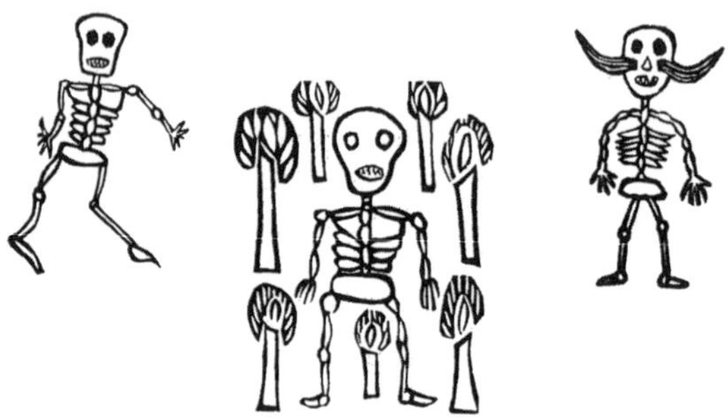

História de dom Morte, da triste e do urubu

Havia deixado a alma cair, e não a encontrava em nenhum lugar.

Mora havia perdido a vontade de viver, e os entendidos erguiam os ombros:

– *Para mal de amores, não adianta doutores.*

A mulher solitária cantou, para ninguém, seu canto trincado. Cantou três vezes. Na terceira, um eco respondeu àquele cantar de desventura. A resposta veio da outra margem; e Mora atravessou o rio Huichiuayan pela passagem das pedras.

Todo seu corpo doía, até os cabelos doíam; mas ela perseguiu o contracanto que soava, se afastava e se perdia. Perseguiu-o aos tropeços na pouca luz da lua, de morro em morro, de légua em légua, sem outra companhia que a das corujas que davam voltas sobre os montes.

Até que finalmente encontrou a voz onde sua voz acudia. E entrou na escuridão.

O esqueleto falante deu-lhe as boas-vindas:

– A casa é sua.

Gruta adentro, brilhavam as velas. Milhares e milhares de velas de todas as cores e de todos os tamanhos: havia altos círios, de fogo nascente, e havia velonas acesas de muita luz, e restos de velas de escasso pavio que jorravam cera sem cor nem calor.

As velas, corpos acesos, eriçavam as paredes ao longo da caverna, e no teto as sombras brilhavam. Toda a comarca de Huehuetlán estava naquela luzeira. Não faltava ninguém: ali estavam os pobres e os ricos, os novos e os cansados, os nus e os disfarçados.

– Debaixo da terra não existem coroas – disse o esqueleto. *– Nem de ouro, nem de espinhos.*

O esqueleto fez uma reverência e se apresentou:

– *A Igualadora. A Rapa-tudo. A Malvada. A indesejada. A que faz bater a pacuera. A que bate um trinta e um de roda. A que leva.*

E melosa, voz de compota, esclareceu:

– *Me dão nomes de mulher. Não acredite.*

A cada poucos passos, o dono dos fogos detinha-se e soprava. Soprava onde queria, e apagava para sempre. Apontando para uma alta vela vermelha que ardia e desardia, perguntou:

– *Este fogo que duvida... Está reconhecendo?*

Mora sentiu o sangue gelar.

Nunca havia esquecido. O havia visto na infância, numa procissão. Mora era a Virgenzinha de Guadalupe em trono de flores, nua debaixo de gaze branca, os olhos no céu, em mãos rogando, e o esqueleto havia emergido subitamente no meio das folhas de palmeira do altar. Ele havia piscado um olho para a menina, que tinha despencado no chão.

E agora suas pernas a haviam trazido ao reino lúgubre; e ela não podia parar o tremer do queixo.

A caveira de marzipã soltou uma gargalhada de ópera e se afastou. Detestava os apressares e as macabradas.

Passaram-se os dias.

Mora continuava prisioneira. Dom Morte a tentava, obsequioso, dentes de açúcar, bigodes de chocolate: oferecia-lhe o fim de toda dor, o beijo que apaga todos os beijos beijados e por beijar, o até-aqui, o sempre-nunca. Enquanto ele cochichava, suas mãos ossudas teciam longas grinaldas de flores negras e talhavam e poliam, em pedra de obsidiana, uma cruz com forma de corpo de mulher.

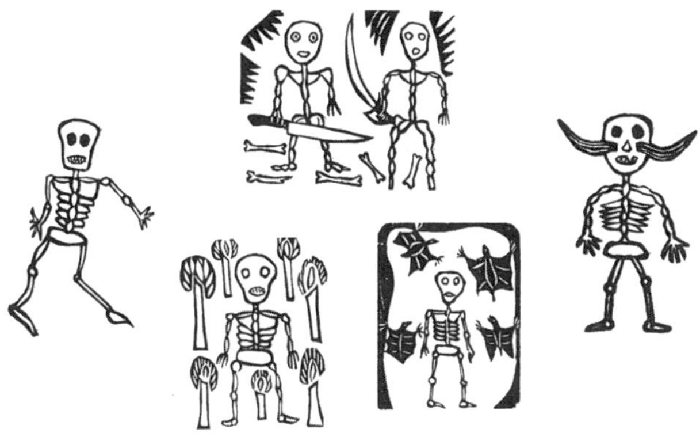

Mora tinha medo de se olhar na poça da cova, que era seu único espelho, porque a poça podia querer beber sua cara.

Dom Morte enviou Mora para percorrer o descampado. E mandou que ela cavasse uma sepultura, com as unhas, no canto onde estava a melhor terra e a melhor sombra.

Então, Mora quis fugir. Assim que pensou nisso, a terra partiu-se com um ranger fenomenal e um precipício abriu-se aos seus pés.

Mora chorou até o fim.

Mas então soprou o vento, que sopra onde quer, e a condenada sentiu o assombro de haver nascido e a curiosidade de viver. Viver do jeito que desse, onde desse, no tempo que fosse: as horas da borboleta, os dias da mosca, os séculos da tartaruga.

E gritou. E o grande abutre de peito branco escutou-a lá do alto, e baixou voando e aterrissou ao seu lado.

E Mora recebeu as plumas do urubu a troco de seu cabelo, e as asas a troco de seus braços. Ela estava com medo. As profundezas que se abriam lá embaixo a aterrorizavam. Tomava impulso para se lançar, dava uns passos; e na beirinha do abismo, retrocedia. E ficou nesse negócio de pulo, não pulo, até que o urubu deu-lhe um empurrão e em plena queda ela abriu as asas e as asas a mantiveram na leveza. E foi tamanha a sua alegria, que Mora teve inveja dela mesma.

A memória come mortos. O urubu, também. E da mesma forma que a memória, o urubu voa.

E aquele urubu, que tinha o costume de comer mortos e convertê-los em força de suas asas, meteu-se alegremente na caverna onde encontravam destino os cantares de pena irremediável.

Dom Morte viu o vulto chegando, cabelo de mulher, sombra de mulher balançando-se ao longo dos círios, e foi em cima.

Mas o urubu beijou antes. Afundou na boca da morte seu bico poderoso, e mordeu e comeu. Comeu chorando, porque a morte, que parecia doce, era mais ardida que a mais brava das pimentas, ou o mais picante dos picantes da horta do Diabo.

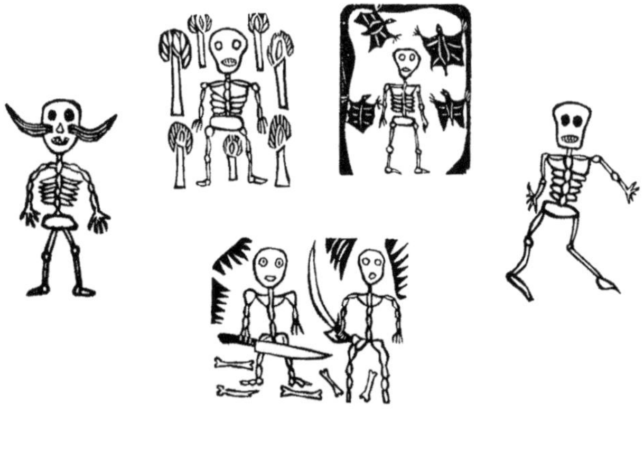

Janela sobre o espelho

Escorre o sol e leva os restos de sombra deixados pela noite.

As carroças puxadas por cavalos recolhem, de porta em porta, o lixo.

No ar, a aranha estende seus fios de baba.

Parafuso caminha pelas ruas de Melo. Na aldeia, é tido por louco. Ele leva um espelho na mão e se olha com expressão fechada. Não desgruda os olhos do espelho.

– *O que você está fazendo, Parafuso?*

– *Estou aqui* – responde. – *Controlando o inimigo.*

Janela sobre a morte (I)

Helena Villagra não conseguia abrir os olhos. Seus olhos ardiam. Esfregava os olhos e suas pestanas caíam, e caíam também as sobrancelhas. Ela estava no cinema. Quando finalmente conseguia olhar, o que via era uma tela negra.

Janela sobre a morte (II)

As cinzas de Alberto jaziam na terra de Tucumã, as cinzas de Alberto cresciam nos verdores de Tucumã.

Helena havia herdado seu chapéu. Helena dormia, e o chapéu de Alberto também dormia; e no sonho de Helena, o chapéu sonhava.

O chapéu sonhava que agitava sua aba e girando ia voar pelos ares, com Helena dentro, encolhida na copa.

Ela acordava tonta de tanto dar voltas.

PEDRA
CAÇADOR DE ON

Pedra
J. BORGES

História do vaqueiro que foi tigre

Havia sido homem de poderes e mistérios, era coisa de não acreditar. Seu olhar abria ou fechava feridas e despertava ou desmaiava bichos e cristãos. Num dar de olhos deixava bobos o potro mais bravio e o touro mais touro.

Ventura, o vaqueiro andante de Minas Gerais, passava feito vento. Tinha muitos rumos e muitas mulheres e casa nenhuma.

Tinha um só amigo. Os dois eram como couro do mesmo laço.

Perambulavam pelo cerrado. Levavam vários dias sem comer nada. Defendendo alguma causa perdida, haviam ficado sem cavalo e sem rumo. Nada para comer: lagartixas, espinhos, arbustos sem fruto nem sombra. Ventura tinha costume, mas seu amigo não aguentava mais. E quando o amigo estendeu-se para morrer naquela solidão toda, Ventura virou tigre para salvá-lo da fome.

Antes de se entigrar, entregou ao amigo uma folha azul, com pontas de estrela, que não era folha de árvore conhecida, e disse:

– *Quando eu voltar, você vai pôr esta folha na minha língua.*

E disse também que não havia outro jeito de se desentigrar.

Foi longe, passou a noite caçando.

Regressou no alvorecer, com a primeira luz branca, carregando um veado nas costas. Quando o amigo o viu chegando, quando viu aquele tigre chegando, com a bocarra aberta, fugiu apavorado.

O tigre ficou vendo-o correr. Não o perseguiu.

Por onde ele andava, não sobrava nada vivo. Partia as pedras, demolia os montes, desmoronava os barrancos. Deitado no meio do carpinzal alto, o tigre erguia a cabeça e cheirava o vento e rugia sua raiva triste; e ninguém dormia.

Foi longo, o acosso. Um exército de abutres, que seguia suas pegadas, delatava sua passagem ao exército de homens que se lançou atrás dele.

E o cerco foi se fechando, suor de cavalhada, estrépito de apetrechos de guerra, trovão de vozes e latidos, até que certa noite de lua o tigre deu seu último salto, no ar alto, e bramou e caiu. E já estava morto de muito tiro quando o amigo de Ventura afundou o cano do fuzil na boca do tigre e apertou o gatilho.

Muito longe dali, Ventura despertou. Despertou todo sujo de sangue seco e atormentado pelas dores, do chapéu aos pés. Até respirar doía. Caminhar foi muito difícil, enorme sombra trêmula, e recordar foi muito mais difícil. Quando? Onde? Quem? Lua alta, lua ruim. Havia caído a noite, dentro dele havia caído a noite, e a noite já não era mais a hora do amor nem da guerra. Seus

olhos haviam perdido a fala, e só tinha ouvidos para as goteiras da morte. Puta vida, vida sem fogo. Sobrevivendo? Sobremorrendo. Queira Deus soprar esta cinza.

Branco de pó, negro de pó, vermelho de sangue, lá vem Ventura pela rua. Pesado de dores, arrasta os pés. As pernas mal e mal carregam este corpo de gigante.

Ventura atravessa o mercado, surdo ao clamor dos vendedores, e pestanejando vislumbra, lá, no fim de tudo, o bar. O cal do bar brilha ao pé da crista do dragão dos morros, e mais aqui, mais perto, brilham de suor os cavalos atados às varas.

Debaixo do portal, um cego canta as notícias. A boca do cego canta o que seus ouvidos viram, enquanto uma lata que serve de

cofre vai marcando o ritmo. O cego canta as quadras do tigre do horror, maldição destes campos, que morreu matando e que muitas mortes devia.

Com a mão tremelicante, Ventura ergue a aba rasgada do chapéu, limpa o suor que enevoa seu olhar e vê: vê a pele do tigre, dependurada no arame, secando ao sol. É impossível contar os buracos. As balas deixaram pouca comida para as traças.

E entra no bar.

O amigo o vê chegando, vê chegando este trapo humano, e o copo de cachaça escorrega de seus dedos e espatifa-se no chão.

Todos se calam, tudo se cala.

Janela sobre o erro

Ocorreu no tempo das noites longas e dos ventos de gelo: certa manhã, floresceu o jasmim do Cabo, e no jardim da minha casa, o ar frio impregnou-se de seu aroma, e nesse dia também a ameixeira floresceu e as tartarugas despertaram.

Foi engano, e durou pouco. Mas graças a este erro, o jasmim, a ameixeira e as tartarugas puderam acreditar que alguma vez o inverno terminará. Eu também.

História do passarinho que perdeu uma perna

Os filhotes já haviam quebrado a casca dos ovos e apareciam piando no ninho. A cotovia voou para buscar comida para eles. Era inverno em Colchagua e a neve gelou uma perna da cotovia. E a cotovia protestou:

– *Por que você me deixou manca?*

E a neve:

– *Porque o sol me derrete.*

E a cotovia foi se queixar para o sol, e o sol:

– *Porque a névoa me cobre.*

E a névoa:

– *Porque o vento me espanta.*

E o vento:

– *Porque a parede me atalha o caminho.*

E a parede:

– *Porque o camundongo me esburaca.*

E o camundongo:

– *Porque o gato me come.*

E o gato:

– *Porque o cachorro me persegue.*

E o cachorro:

– *Porque o bastão me bate.*

E o bastão:

– *Porque o fogo me queima.*

E o fogo:

– *Porque a água me apaga.*

E a água:

– *Porque a vaca me bebe.*

E a vaca:

– *Porque a faca me mata.*

E a faca:

– *Porque o homem me afia.*

E o homem:

– *Porque Deus me fez.*

Andando aos trambolhões, a cotovia cantou em busca de Deus. E Deus a escutou, e então ela perguntou porque Ele fez o homem que afia a faca que mata a vaca que bebe a água que apaga o fogo que queima o bastão que bate no cão que persegue o gato que come o camundongo que esburaca a parede que atalha o caminho do vento que espanta a névoa que cobre o sol que derrete a neve que gelou a minha perna.

– *Ai cotovia* – disse Deus. – *Eu tive que fazer o homem para que o homem me fizesse.*

Janela sobre a palavra (V)

Javier Villafañe busca em vão a palavra que deixou escapar bem quando ia pronunciá-la. Onde terá ido essa palavra, que ele tinha na ponta da língua?

Haverá algum lugar onde se juntem as palavras que não quiseram ficar? Um reino das palavras perdidas? As palavras que você deixou escapar, onde estarão à sua espera?

História da revelação divina sobre a canina aventura deste mundo

— Licença?

– Por favor.

– Agradecido.

– Meu nome é Flores. Violeiro de profissão, às suas ordens.

– Prazer. Cinza. De profissão, cachorro, às suas ordens.

– Aceita um chimarrão?

– Não é do meu costume.

– Coincidência. Eu estava agorinha lembrando aquela quadrinha dos rabos.

– E qual é?

– A dor que sente o cão
quando seu rabo cortam...

– Ah, sei, sei: *...é a mesma que sente o rabo quando o cão lhe é cortado.*

– Exatamente.

– A verdade é que de rabo, dom Flores, sabe-se muito pouco.

– Pouco. Sabe-se que teve aquela festa no céu. Que vocês se banhavam num rio que não era o rio Paraná, um rio lá do Paraíso...

– E deixamos o rabos secando na beira do rio. Rabo molhado não espanta mosquito.

– Pois é. Todos os rabos na beira do rio, enfileirados.

– E Deus fez aquela brincadeira com a gente. Mandou o rio crescer.

– Transbordou, o rio.

– E a gente precisou sair na disparada. E no desespero, cada um agarrou o primeiro rabo que encontrou. E desde aquele dia, a gente anda se cheirando, procurando o rabo perdido.

– Isso aí já está bastante divulgado, dom Cinza.

– As pessoas acreditam nisso, e a gente também.

– Tou sabendo.

– Mas não foi bem assim.

– E quem é que diz que não foi?

– Deus.

– Ah.

– O Grão Cão.

– E você viu ele?

– Quem vê, fica cego. Eu senti. Estava de costas e senti aquele sagrado todo.

– O nosso também aparece pouco.

– O nosso também não tem esse costume.

– E escolheu você.

– Este humilde servidor.

– Que sorte, a sua.

– Não caia nessa. Deus me mandou revelar a verdade aos cães do mundo. Me mandou dizer que nunca existiu essa tal festa no céu.

– E você informou?

– Que não tem nenhum rabo para a gente encontrar? Não. Calei.

– Acho que estou adivinhando, dom Cinza.

– Pois é, dom Flores.

– A razão do seu silêncio.

– Nenhum caminho me chama.

– É isso.

– Antes, eu era caminheiro, era andarilho. Andei o mundo. Naquele tempo, nenhum rabo era meu rabo.

– E agora...

– Agora parece que vou, mas venho.

– Sorte danada, a de cachorro.

– Mundo cão.

– Destinos.

– Dom Flores?

– Diga.

– Guarde o segredo, se me faz o favor.

– Confie, pode confiar.

– E cuidado com o frio, dom Flores. Olho com a garganta.

Janela sobre a arte (I)

Em Saragoça, prestaram homenagem a uma bela torre mudéjar, já destruída pelo tempo. Não é uma torre reconstruída que recorda a torre que foi: diante da grande cratera onde a torre existia, um menino de bronze, sentado, abraçando os próprios joelhos, olha para ela.

Janela sobre a arte (II)

Eu era jovem, quase menino, e queria desenhar. Mentindo sobre a minha idade, consegui me misturar com os estudantes que desenhavam uma modelo nua.

Nas aulas, eu riscava papéis, lutando para encontrar linhas e volumes. Aquela mulher nua, que ia mudando de pose, era um desafio para minha mão desajeitada, e nada mais: algo assim assim como um jarro que respirava.

Mas uma noite, no ponto de ônibus, pela primeira vez eu a vi vestida. Ao subir no ônibus, sua saia ergueu-se e descobriu o nascimento da coxa. E então meu corpo se incendiou.

Janela sobre a palavra (VI)

A letra A tem as pernas abertas.

A M é um sobe-desce que vai e vem entre o céu e o inferno.

A O, círculo fechado, asfixia.

A R está evidentemente grávida.

– *Todas as letras da palavra AMOR são perigosas* – comprova Romy Díaz-Perera.

Quando as palavras saem da boca, ela as vê desenhadas no ar.

História do delfim que Satanás pescou sem arpão e sem anzol

A lua cheia acendia as águas do Amazonas. Um delfim corcoveava oferecendo cabriolas de circo nas ondas resplandescentes. Havia farra em alguma aldeia, muito agito e bailão, e o alvoroço dos musiqueiros chamava o delfim, lá da costa.

E pela primeira vez a lua, que nunca havia dado confiança a ele, deu permissão: por aquela noite, e enquanto a noite durasse, foi autorizado a entrar na terra.

O delfim ergueu-se nu sobre a areia, e a lua deu-lhe novo corpo e nova vestimenta.

Meteu-se na festa.

Dançou de chapéu na cabeça, para que não vissem o buraquinho por onde respirava, lá no alto do cocuruto. E deixou o pessoal de boca aberta: todos se assombraram com sua pele avermelhada, de reflexos azuis, e seu olhar de olhos muito separados, e sua sede que litros e litros de cachaça pura não saciavam; e maravilhou a todos com sua maneira de dançar sem tocar o chão, mergulhando na música, nadando nas águas da música.

E na música ficou ondulando, abraçado a uma mulher; e depois os dois continuaram dançando, sem roupa e sem ninguém, na música nascida de seus braços.

Ele estava acostumado a brincar na água, mas nunca havia nadado dentro de mulher.

Sobre ela estava estendido quando sentiu uma batidinha, toc-toc, que queimou suas costas. Virou, e viu: uma luz de fósforo crescia no ar e ganhava forma e tinha garras e chifres e barba. O vermelhão muito vermelho balançava-se e brilhava no negrume:

– *De pé, intruso* – disse.

O delfim, atordoado, não entendeu.

O recém-chegado estava rouco, embora um lenço de seda protegesse sua garganta dos frios do trópico. Apontando o relógio que trazia preso ao pulso, pigarreou:

– *De volta pro rio, bichão, que está na hora.*

E o delfim recordou o que havia esquecido. A noite logo se acabaria, e com a noite acabaria seu tempo na terra. Olhou a mulher enroscada ao seu lado, a trepadeira de algas dos cabelos negros, e a voz rouca roçou sua orelha:

– *Ela até que não é ruim.*

E sorriu, com muitos dentes:

– *Belo presente. Tinha que ser hoje. Sexta-feira Santa, meu dia.*

E estendeu uma garra sobre aquele corpo que palpitava ao ritmo do sono. O delfim lançou-lhe um golpe, e o golpe golpeou o ar vazio. Ela sentiu o ventinho, pestanejou, e continuou dormindo.

A rede balançava suavemente: a rede que ainda envolvia os dois.

O diabo, que ensaia neste mundo os tormentos do inferno, sussurrou uma charada:

– *Com quem esta mulher dormirá amanhã?*

E reverberou e desvaneceu-se na escuridão. A última escuridão: a bruma cinzenta da alvorada já havia começado a crescer no ar.

Noite emprestada, corpo emprestado.

Ele amaldiçoou a lua, por tudo que a lua havia lhe dado, e amaldiçoou o sol, por tudo o que o sol iria lhe arrancar.

Ela murmurou alguma coisa, sempre adormecida, e apertou-o contra seu corpo. E ele quis levá-la, e não podia, e quis ficar, e tampouco podia.

A brisa do amanhecer enruga o rio.

A poucos passos da margem, o delfim agoniza.

Ergue-se o sol, e do céu o sol levanta as cores e os odores do mundo.

Janela sobre a história universal

Houve uma vez que foi a primeira vez, e então o bicho humano ergueu-se e suas quatro patas se transformaram em dois braços e duas pernas, e graças às pernas os braços ficaram livres e puderam fazer casa melhor que a copa da árvore ou a caverna do caminho. E tendo-se erguido, a mulher e o homem descobriram que é possível fazer amor cara a cara e boca a boca, e conheceram a alegria de olhar nos olhos durante o abraço de seus braços e o nó de suas pernas.

Janela sobre a palavra (VII)

Estava preso fazia mais de vinte anos, quando a descobriu.

Cumprimentou-a com um gesto da mão, da janela de sua cela, e ela respondeu da janela de sua casa.

Depois, falou a ela com trapos coloridos e letras enormes. As letras formavam palavras que ela lia de binóculos. Ela respondia com letras maiores, porque ele não tinha binóculos.

E assim cresceu o amor.

Agora, Nela e o Negro Vina sentam-se costas contra costas. Se um se levantar, o outro cai.

Eles vendem vinho na frente das ruínas da cadeia de Punta Carretas, em Montevidéu.

História do homem que nas alturas do céu amou uma estrela e foi por ela abandonado

Havia roubos mas não havia ladrões no vale do Cusco.

Os roubos ocorriam durante a noite, na horta onde estavam as melhores batatas. O dono vigiava, todas as noites passava a noite inteira sem grudar os olhos, mas em algum momento as pálpebras caíam, e nesse instantinho desapareciam as batatas deixando buracos recém-cavados na plantação.

Certa noite, o homem mentiu. Deitou feito um tronco, no meio do batatal, e roncando espiava com um olho. E assim passaram-se as horas, e quando não faltava muito para o amanhecer, um violento esplendor fez com que ele saltasse.

O susto de tanta luz deixou-o cego.

Não eram ladrões: eram ladronas.

Agitando braços e mãos, conseguiu agarrar uma. As outras fugiram numa correria danada na direção do céu, e lá no alto ficaram, acendendo o fim da noite.

A estrela prisioneira prometeu devolver todas as batatas, e suplicou:

– *Não me obrigue a viver na Terra.*

Mas ele não a soltou. Cobriu com roupa sua luminosa nudez e trancou-a em casa.

Com o tempo, tiveram um filho, que morreu ao nascer.

Enum entardecer, num descuido, a iluminada escapou para as alturas. Graças ao condor, o homem subiu atrás dela.

O homem e o condor iam envelhecendo na longa travessia, e tinham séculos de idade quando a viagem terminou. Mas nem bem chegaram e mergulharam num lago do tempo, nadaram e emergiram jovens.

E então ele se lançou a percorrer a resplandecente bruma da Via Láctea. E na peregrinação, reconheceu sua estrela, e suplicou--lhe que o deixasse ficar.

Num esconderijo do céu, viveram juntos.

A cada entardecer, ela ia com suas irmãs iluminar a noite do universo. E a cada amanhecer voltava, e trazia alimentos terrestres que encontrava deslizando nos celeiros do sol e da lua.

E assim foi até que não foi mais.

Certa manhã a estrela não chegou, e nunca mais chegou, e o homem perambulou pela fria neblina do céu, faminto e sozinho, gritando por ela.

O condor devolveu-o à Terra, e na Terra ele morreu de pena.

Não chegou a contar nada. Da boca, que ele não abriu nem para comer, não saiu palavra. Talvez porque havia ficado abobado, estrelado; ou talvez porque pressentia que aqui na Terra tomariam sua história por evidente mentira ou alucinação de um pobre mortal acreditando-se deus no trono do reino da noite.

Quanto a ela, os estreleólogos não estão de acordo. Há quem diga que se desapaixonou daquele amor e há quem diga que não há por que chamar de amor o que foi pena ou curiosidade.

Alguns asseguram que ela deixou o homem porque não quis vê-lo morrer. Segundo estes especialistas, as estrelas não entendem nosso costume de viver nada além de um instante, e tampouco entendem nossa vontade louca de subir ao céu: nada sabem as estrelas do morrer humano, mas sim sabem que, além das nuvens, as pessoas não podem renascer nos filhos que têm, nem nas batatas que plantam, nem nos amores que deixam.

Outros acham que foi um adeus forçado. O sol e a lua teriam advertido a estrela que devia procurar outra galáxia onde viver com o intruso. Daquele jeito não podia continuar: em cada briga conjugal, o homem envelhecia cem anos e ela ficava na mais completa escuridão. É verdade que depois, quando os dois se perdoavam da estupidez de se odiar, ele recuperava o século gasto e ela multiplicava seu esplendor; mas a paz do firmamento não podia se permitir aquele tipo de sobressalto. E foi então, parece, que os amos do céu decidiram renunciar às batatas, que eles adoravam, e o caminho para a Terra foi apagado para sempre.

A estrela arrependeu-se de haver obedecido a ordem que a condenava à solidão. Assim assegura um estudioso que passou a vida fotografando as estrelas cadentes. Ele tem certeza, diz ter provas: as estrelas cadentes são todas iguais, porque todas são uma só. Essa luz, errante e molhada, é a estrela que uma vez conheceu o perigo e a festa do abraço humano, e assustou-se e fugiu e foi perseguida e encontrada. Desde então seu corpo mudo, que por causa do homem chegou a cantar, soube que havia nascido para ser dois ou nenhum; e agora anda voando loucamente, através da noite, em busca do perdido caminho deste mundo.

Janela sobre uma mulher (I)

Essa mulher é uma casa secreta.

Em seus cantos, guarda vozes e esconde fantasmas.

Nas noites de inverno, jorra fumaça.

Quem entra nela, dizem, não sai nunca mais.

Eu atravesso o fosso profundo que a rodeia. Nessa casa serei habitado. Nela me espera o vinho que me beberá. Muito suavemente bato na porta, e espero.

Janela sobre uma mulher (II)

A outra chave não gira na porta da rua.

A outra voz, cômica, desafinada, não canta no chuveiro.

No chão do banheiro não há marcas de outros pés molhados.

Nenhum cheiro quente vem da cozinha.

Uma maçã meio comida, marcada por outros dentes, começa a apodrecer em cima da mesa.

Um cigarro meio fumado, lagarta de cinza morta, tinge a beira do cinzeiro.

Penso que deveria fazer a barba. Penso que deveria me vestir penso que deveria.

Uma água suja chove dentro de mim.

Janela sobre uma mulher (III)

Ninguém conseguirá matar aquele tempo, ninguém vai conseguir jamais: nem nós. Digo: enquanto você existir, onde quer que esteja, ou enquanto eu existir.

Diz o almanaque que aquele tempo, aquele pequeno tempo, já não existe; mas nesta noite meu corpo nu está transpirando você.

Janela sobre a música (I)

Quem sabe tocar acordeom põe o acordeom pra falar – dizia o mestre Alejo Durán. – *Para quem sabe, homem e acordeom são uma coisa só.*

Mestre Alejo foi vaqueiro e trovador, mestre do laço e do toque delicado, cronista cantador do litoral colombiano. E sempre por prazer, nunca por encomenda. Quando ele não estava apaixonado, o acordeom ficava calado.

Não cometeu música chorona. Franca e gozosa foi sua música, como francas e gozosas eram as mulheres que sua música chamava, de longe, sem necessidade de telefone.

Janela sobre a música (II)

Papá Montero era bailador e cantador, fundador de alegrias na noite de Havana. A cidade inteira ia rumbar com ele, e no rumo da sua rumba, se perdia.

Quando uma punhalada acabou com Papá Montero, a noite de Havana ficou calada. Mas em pleno velório, soou uma rumba. Muito distante. Quase ninguém a ouviu.

Ao amanhecer, quando os amigos iam levar o caixão, descobriram que lá dentro não havia ninguém.

História dos luneiros

Ossos velhos, olhos de luz gasta. Dá para ver que tudo está amarelo. Me vejo. Lá longe me vejo, nos anos amarelos do tempo.

Fui mulher de homem andarilho, sempre rodando terra. Ele e eu íamos pelos caminhos, uma sacolinha nas costas e caçando trabalho. Gastar os pés, moer ossos: cravando mourões de cerca, marcando gado, o que viesse, o que fosse. Ninguém ficava na cidade. Dois, três no máximó. E o sino da igreja, mudo, morto de sede. Até que uma vez, naquela seca grande...

Estou aborrecendo você. A avó, sempre com a mesma história. Venha cá, vamos botar o feijão de molho. Não consegue dormir? Eu não durmo nunca. A vida inteira aprendendo, e ainda não sei. Chega aqui, na cozinha é melhor. A avó sabe. Para noite sem sono, para dia sem alma, é melhor. Fogão de lenha que não se apaga. Nunca.

Já contei a história dos luneiros? Os que chegaram aqui. Não, eu não vi. Eles não eram de ver, não eram de pegar. Luneiros vindos no escorregador do céu. Verdade verdadeira, juro pela cruz. O contrário, se você escutar dizer, não acredite. Aqui, na cidade, sei que rumorejam. Que gente humana pisou na lua, andam mentindo isso. Eu não sei ler e abusam da fé da gente. Mas subir daqui para lá, imagine só, quem conseguiria? Eles, os luneiros, viajaram de lá para cá. Isso sim. Fica na descida, né?

Amigos do seu avô. Muito cavalheiros comigo. E com o avô, claro: unha e carne. Eles não conheciam ninguém na cidade. Nós também não. Nós quase que vínhamos da lua.

O deserto. Você nunca viu. Nada, ninguém. E chegou a seca grande. Com as últimas gotas banhamos a galinha, e dizem que isso traz água. Muita reza, muita vela. E nada. E então adeus, vamos para nunca mais, carregando a roupa nos ombros. Travessia de terra morta, peregrinar de retirantes. Longe, longe, como nunca. Cruzamos o rio Salgado, sujo, baixinho, e anda que te anda andando para lá, buscando verde, no contra-sol de dia, no mapa das estrelas de noite. E finalmente, foi de noite, o brilho, a aparição: os trilhos do trem. Chegamos à estação mais mortos que vivos. Estendemos as moedas, as notas amarfanhadas, o vendido e o guardado, tudo: duas passagens até onde der. E tracatracatracaqueteava o trem, buúúú, buúúúúú, dia e noite, noite e dia, nós quietos e o mundo viajando, outro mundo, as árvores passavam a galope, as casas bonitas, limpinhas.

E parou. Acabou. Mandaram descer. Lá fora chovia, entramos na chuva. Parados na chuva, nós dois. De boca aberta, de braços abertos, chuva que chovia todas as lágrimas de Deus.

E entramos na cidade. Nós, feito cegos em tiroteio. O nunca visto. Gente muita e muita, e apressada. Automóveis em tropel, rugidos de bicho louco. Máquinas espantando gente, máquinas comendo gente. Tudo proibido. Nenhum lugarzinho pra gente mijar, nem para dormir. Quem sabe ler, lê: *Proibido*. Quem não sabe, aprende na porrada, curso de pobre.

Sim, rapazinho, já sei. Os luneiros, sim. Sou das que gostam de botar palavras passeando, mas me perder não me perco.

Conto. Quando os luneiros chegaram, ninguém ficou sabendo. Ele estava de burro. O avô era burro de carga na padaria. Não falava com ninguém. O lombo amassado debaixo de lenha, debaixo dos pães, resmungava sozinho. Burro sem rabo? Burro burro. Pele cinzenta, orelhas compridas, peludas. E levantou uma orelha, e a música entrou. A música dos luneiros, soando, tocando só pra ele. Acredite, foi assim como estou contando: a música desburrou o avô. O avô tornou a ser gente, foi salvo. O padeiro dava as sobras pra nós. Não deu mais. Gente não queria sobra.

Depois ele continuou escutando. Os luneiros curaram a sua perna. A cobra estava lá dentro da perna, cobra grande, mordida funda. Tinha sido no carnaval, no corte, facão voando, longe. História velha, coisa de nunca acabar. A ferida se fechava, tudo bem, e um belo dia, paf, a cobra acordava, rasgava a cicatriz, cheirava mal, apodrecia. E a música entrou na perna, a música botou a cobra pra fora. De perna nova, o avô dançou.

Dançar, beber, comer. Um vidão. Os luneiros queriam conhecer. Vamos lá, vamos cá. Loucos pela cidade, apreciadores de tudo. Lugares grã-finos, peles brancas, cabelos de ouro, roupas de prata, imagine só, se conseguir. Você nunca vai entrar, nunca. Cabeça chata, pobre proibido. Os luneiros sim: vento abridor de portas, e o avô vindo atrás e eu de braço dado, com passo de rainha, *às suas ordens, madame.* Dinheiro? Nada. Os luneiros tocavam e ponto, nada a cobrar, nada a pagar, música, música, e a festa continua. Gente de não dormir nunca, aqueles luneiros. Gente da noite, olhos abertos. Como você e eu, pelo menos nisso.

E certa noite, se acabou. Nada de farra, nada de luneiros. Foram embora. Pra onde? Quem sabe. Ninguém é sabedor desse segredo. Estarão por aí, ou melhor, por lá, não é mesmo?, por lá, nos céus.

Como eles eram? Feito marcianos, com anteninhas? Você não está me escutando. Ninguém *via* os luneiros.

O tempo passou. Trabalho, filhos, muito cansaço. Nem soube contar os anos, nem sei dizer quantos.

O que sei é que uma noite o avô dormia, e eu escutei o ruído. Assim, de repente. A música saiu do corpo dele. Pelos poros, e foi pelo ar, encheu a escuridão. Eu sacudi o avô, acordei ele. O que está acontecendo? Ninguém entendia.

Ninguém sabia. Lá dentro do seu avô havia música, a música tinha ficado lá. Os luneiros haviam deixado a música. E era muito caprichosa, só saía quando queria. E então o corpo cantava, e se acendia, luz que soava no ar. Não tinha dia, não tinha hora. Do jeito que vinha, ia. Tivemos tempo de muita música, noites de som e som, o bairro inteiro lá em casa, gente de longe, multidão. Musicando amanhecia, e continuava. Com os ouvidos a gente via a música, ela tinha cores. Quem escutava, nascia. Até o ar agradecia, os pássaros se calavam.

Todos os pássaros mudos, enquanto ela estava. Ela era melhor que os pássaros, os pássaros sabiam. Vinham em revoada, esticavam as orelhas.

Durou quanto quis. E depois, adeus. Nunca mais voltou. Espera enorme, e nada. Nunca, nunca mais. Se acabou, se apagou. Pobre mundo sem música.

Coisa linda o silêncio, sou das que gostam. Mas esse silêncio... O avô ficou de cabelos brancos, cor de leite aquela melena negra. Olha o retrato, veja só. O avô dormia. Bebia, chamava a música, dormia. Arrebentava tudo, brigava, um esparramo de garrafas, e roncava outra vez.

Morreu disso. Bêbado, chamando, chamando: morreu de música.

Agora vai dormir, vai.

Venha, venha, chega aqui. Traga o lampião, não durma, não. Um favorzinho só.

A avó precisa de carta. Carteiro, eu tenho. O vizinho do lado, você sabe. Está muito doente, está morrendo. Ele se ofereceu, pessoa amável, diz que leva a carta para o céu. Eu agradeci, disse que não. O avô no Paraíso? Santo, não era. Agora, penso: Deus há de saber o endereço, a carta acaba chegando.

Eu não tenho letras. Peço a você, que vai na escola. Escreva aí. Eu assino, ponho o garrancho. Escreva aí ao escolhido pela lua. E depressa, que o carteiro já está indo embora.

Diga aí: não fica triste não,
não faz mal que você morre
a gente continua agarradinho.

Diga aí que nesta noite escutei a música.

Janela sobre a palavra (VIII)

Os forasteiros haviam chegado, e o rabino não tinha nada para oferecer a eles. Então o rabino foi ao jardim e falou com ele. Falou às plantas com palavras que vinham, como elas, da terra regada. E as plantas receberam essas palavras e subitamente amadureceram e deram frutas e flores. E desta forma o rabino pôde receber seus hóspedes.

A Cabala conta assim. E a Cabala conta que o filho do rabino quis repetir a história, mas o jardim foi surdo às suas palavras e nenhuma planta acreditou ou cresceu.

O filho do rabino não conseguiu. Mas, e o rabino? Conseguiu repetir sua própria façanha? A Cabala não conta. O que aconteceu com o rabino se nunca mais o pé de laranja, o tomateiro e o jasmim responderam a ele?

Sabe calar-se a palavra, quando já não encontra o momento que a necessita nem o lugar que a quer? E a boca, sabe morrer?

História de um dia no café

Atrás do balcão, Prudêncio está passando os olhos pelas notícias. Sem desgrudar os olhos do jornal, ergue a mão até a fileira de garrafas e tira a rolha de uma.

– *Aqui nunca acontece nada* – resmunga. Abandona o jornal, põe um copo de vinho na minha frente e começa a dobrar os guardanapos de papel.

Ocupo a minha mesa. Daqui, do fundo, vejo a porta de vaivém. Não é dia de muito movimento; mas sempre tem alguém que procura a sombra, molha a garganta e volta para o verão. Entre cliente e cliente, Prudêncio mói café, passa o espanador pela galeria de heróis do futebol e do tango ou para lustrar, amorosamente, a radiografia da própria pança. No centro de todos os retratos se destaca, em moldura dourada, a radiografia: dentro da barriga de Prudêncio, como um sol radiante na paisagem de brumas, há uma bala que brilha.

Quando chega perto para encher meu copo vazio, Prudêncio começa a contar, uma vez mais, a história daquele tiro. Na primeira versão de hoje, ele cavalga pelo desfiladeiro, assoviando,

desprevenido, quando um vingador o confunde com seu irmão gêmeo, que é o mais cruel dos bandoleiros da região, e ecoam os disparos vindos dos rochedos. O cavalo cai, esparramado. Prudêncio tenta subir pela alta parede de pedra, mas escorrega. A primeira bala atravessa seu chapéu. Há uma chuva de tiros...

Quem me salva é Batepapo. Prudêncio está na melhor parte da sua tragédia e justo nesse instante Batepapo entra no café com seu boné, sua roupa de arlequim, sua bengala colorida girando na mão e, na outra, uma coleira. A coleira não traz um cachorrinho: traz um leão.

Prudêncio, que já está dando voltas pelo barranco, ensanguentado, não tem outra saída a não ser interromper sua agonia. Abrindo grandes olhos de coruja e agitando o papo de pelicano, declara:

– *É proibido entrar com animais.*

Só que também não dá para deixar o leão na porta, porque espantaria a clientela.

A fera acaba amarrada numa árvore, e Batepapo se instala na mesa da janela. Prudêncio traz bebida para ele, e enquanto bate na garrafa com uma colherzinha para acordar a cerveja, elogia os bichos vencidos; o passarinho na gaiola, o cavalo na charrete, a vitela na grelha, o frango na caçarola e o leão servindo de tapete num chão de sala.

Batepapo nem olha para ele.

Batepapo, artista de muito nome, sabe ser bala de canhão, trapezista sem rede e palhaço que cumprimenta multidões tirando a cabeça com boné e tudo. Mas as artes da lona já não

têm público. O Grande Circo Mundial está falido; e na divisão de seus restos, o leão coube a Batepapo. Nesta manhã, ofereceu o leão ao zoológico. Os veterinários examinaram o bicho, que foi rejeitado: o leão tem uma hérnia.

Eu escuto Batepapo contando desgraças enquanto admiro, da janela, a serena majestade do animal estendido à sombra da árvore. Do pescoço, um cartaz anuncia:

VENDE-SE

O leão olha para mim e boceja, exibindo sua dentadura completa, e a pulga Bambalina volta à minha memória. Ela, que era acrobata e morava numa caixinha de fósforos. Bombalina, artista de um circo pequenino. Meu amigo Dudu a trazia para o café. Dudu, domador de insetos. Três vezes por dia ele se deixava picar. Café da manhã, almoço e jantar.

Batepapo nunca ouviu falar dessa pulga. Pura gentileza, ele coça as costas com a bengala, mas não tira os olhos do leão que está em liquidação. Dá para notar que o assunto não interessa nem um pouco.

Há quanto tempo aquele Dudu deixou de vir ao café? Nunca mais se soube dele.

Na mesa da outra janela, a que dá para a estação, dona Pouca bebe seu café devagar, café com leite e muito açúcar, enquanto acontece o duelo ao meio-dia, na cidadezinha onde Prudêncio morava.

Eu não escuto direito, por causa do alvoroço das mesas do meio, mas conheço essa história. Prudêncio está se batendo num

duelo pela honra de sua dama ofendida. O inimigo dispara primeiro. A bala passa perto. Então Prudêncio baixa a arma, dispara no chão e diz, em nobre gesto: – "Eu te perdoo". Mas acontece que o rival, o canalha, tem outra bala na pistola:

– *Esta* – diz Prudêncio, e ergue nos dedos o projétil que traz dependurado no chaveiro. Prudêncio levanta a camisa, mostra a cicatriz que cruza sua barriga. Dona Pouca concorda, boquiaberta.

Depois, enquanto Prudêncio se afasta com a bandeja na mão, convocado por outros deveres, dona Pouca volta aos seus assuntos. Seus assuntos: olhar em frente, para o outro lado da avenida. Ela passa suas horas sentada nessa mesa, sempre com os óculos postos, vigiando as grades de ferro retorcido da entrada principal da estação. Há anos que a estação morreu, nenhum trem chega, nenhum trem parte; mas dona Pouquinha espera.

– *E aí, tudo bem?*

– *Tudo bem. Cá estou, esperando.*

E sacode os ombros.

Mão em cima de mão, espera. Talvez espera pelos filhos idos, que andam sabe-se lá em que mundos remotos, ou talvez simplesmente espera que acabe seu tempo na Terra.

Dom Trânsito chegou, esfarrapado, cheio de anos, e arrastando os pés vai recolhendo apostas de mesa em mesa.

Batepapo canta seus números e aqui e acolá fazem suas apostas pessoas que não conheço. Da minha mesa escuto que dona Pouca discute, mastiga raivas. E quando chega a minha vez, dom Trânsito se queixa, me conta: ele havia dito a ela: os sonhos não mentem, dona Pouca, e isso é verdade, está comprovado, mas ele não tem culpa, nem os sonhos tinham culpa: dona Pouca jogou no 66, que tinha visto muito bem, e deu o 88. Dom Trânsito se defende, diz que ela sonhou bem mas enxergou mal, e que isso acontece com quem dorme sem óculos.

Eu também aposto. No 77, pernas de mulher, no 22, mulher louca, e no dia 20, festa. Sonhos que me perseguem, números que

sigo. Algum dia vão me tirar da pobreza, digo aos meus botões, pois para alguma coisa haverá de me servir essa mania de sonhar e esperar.

Entra no café um gordo de farda e arma na cintura. Dom Trânsito empalidece, mas o braço da lei aponta para Batepapo:

– *Tem um leão mal estacionado aí fora.*

Batepapo se levanta. Olhando o relógio da parede, comprova:

– O *senhor chegou bem na hora, seu guarda.*

E suplica:

– *Faça o favor de me ajudar a tirar o bichinho.*

Os dois saem.

O rugido faz o café tremer.

Chego à janela: o leão está lambendo os beiços.

Batepapo chega de volta, sozinho. Senta-se, faz cara de fatalidade do destino. São tantos os membros das forças de ordem, que ninguém notará aquela ausência.

E assim, sem novidades, de bobagem em bobagem, o tempo passa. O café vai ficando vazio. A única luz, uma lâmpada enferma, empurra com má vontade as sombras invasoras, enquanto lá fora o sol vai indo embora e a lua vem chegando. Desvanecem-se

as vozes e já não sei o que dizem, se é que dizem alguma coisa. A voz de Prudêncio, voz de ópera, se impõe. Diante de um dos últimos fregueses, Prudêncio disputa as olimpíadas. O tiro chega de algum lugar escondido nas arquibancadas bem no instante em que ele está a ponto de se consagrar campeão mundial dos mil metros rasos. Cai, banhado em sangue, a um milímetro da faixa de chegada.

Prudêncio levanta-se para cobrar as contas. Batepapo, cansado de esperar por compradores, paga a conta e vai embora no

crepúsculo, levando o leão pela coleira. Dona Pouquinha também se cansa de esperar pelos filhos ou por alguma coisa. Ao ir embora, ela diz:

– *Estou com dor,*

mas não diz de que.

Ninguém mais chega. Somente um menino esquálido, cuja figura fica recortada na porta, e que pede algo para o jantar, porque sua barriga está fazendo barulho de telefone ocupado e ele não tem nem um caldinho de galinha para silenciar. Sou o último. Fico. Sei que é uma cerimônia inútil, mas fico. Está na cara que a mulher que me deixou sem fogo nem jogo não virá, nem virá o bruxo curandeiro ou cirurgião dentista capaz de arrancar ela de mim, de uma vez só e sem anestesia.

Fico em pé, fico tonto, torno a sentar, torno a levantar. Esvazio os bolsos e consigo calcular que ainda posso pagar outra garrafa de vinho e outro maço de cigarros.

Com os cotovelos em cima do balcão, Prudêncio conta a féria do dia. Com o lápis atrás da orelha, conclui:

– *Aqui não dá para ganhar nada.*

Prudêncio ergue as sobrancelhas, crava em mim um olhar ameaçador. É evidente que se propõe a me dar de presente alguma

de suas epopeias, para terminar a noite tingindo de vermelho as neves da Sibéria ou as areias do Saara; mas dou-lhe as costas, e ele se cala.

Bebo. Fumo. Agradeço este silêncio que ecoa no café deserto. Nas janelas, acontece a noite.

Entre as mesas vazias, dançam as sombras magas.

Janela sobre a memória (III)

Quem diz o nome, chama. E alguém atende, sem ter nada marcado, sem explicações, ao lugar onde seu nome, dito ou pensado, o está chamando.

Quando isso ocorre, a gente tem o direito de acreditar que ninguém vai de vez enquanto não morrer a palavra que chamando, chamejando, o trouxer.

História do caçador

Um homem sozinho no café. Ao seu lado, uma cadeira vazia. Em cima da mesa, dois copos de vinho. O homem bebe de um, e brinda com o outro.

Depois, cai a porta metálica e o homem vai embora, com uma garrafa na mão, e se perde entre os automóveis, à deriva, murmurando sabe-se lá o quê.

E finalmente desmorona contra alguma parede e ronca, com a garrafa como travesseiro.

Um gato, adormecido em cima do motor ainda quente de um automóvel, sonha com um cardume de merluzas ou com um harém de gatas Angorá.

E alguém chamado Gato, dormindo num umbral, sonha que voa na direção do ângulo de sua portaria invicta, tremendo chute, a multidão já está gritando *gooooo-o-o-o* quando seus dedos desviam milagrosamente o projétil branco, que se perde nas nuvens. Gato se revolve sobre o colchão de jornais velhos, o imbatível guardião continua voando, viaja para a glória, para a Copa, mas

vai se atrasando nas estações do tempo e chega com séculos de atraso. Às portas do estádio, é parado por uma estátua de libré e peruca de cachos.

Desperta com as primeiras luzes.

Gato espanta o gato, protege o cotovelo com um pedaço de pano e arrebenta a janela do automóvel. Não encontra nenhum rádio escondido debaixo do banco.

Depois, inclina-se sobre o bêbado estendido contra a parede. Explora seus bolsos. Nada.

E algumas ruas além, põe a armadilha: amarra o fio de arame ao pé de uma árvore e estende bem através da calçada, entre a árvore e uma coluna, a um palmo do chão.

Atocaiado, espera. Dona Pouca, uma velha de óculos que nem tem bolsa, tropeça e se esparrama pelo chão. Os óculos de dona Pouca se espatifam na calçada.

Presa desprezível. Gato ergue os ombros e vai embora. Chuta com raiva uma tampinha de Coca-Cola. Dia que começa mal, continua pior.

Passa as horas vagando, rodando, buscando o distraído; e ao anoitecer os fardados o encurralam e quase agarram. Ele se salva escalando paredes impossíveis e deslizando de sombra em sombra.

Depois, fica encolhido num esconderijo.

O pião zune, luminoso, pião mata-dores; Gato crava os olhos nessa vertigem pequenina e por um tempo esquece a barriga que chia e os ossos que tremem.

Morde uma bolacha úmida, que parece de borracha. Um cão fareja, chega perto; Gato o expulsa. Em outros tempos, Gato sabia ter cachorro. Não sabe mais. Aquele seu amigo foi levado pela bala que era endereçada a ele, e desde aquele dia Gato não quer saber de nada com os vira-latas que se aproximam querendo, como ele, calor e comida.

Andar sozinho não dói. Gato tem o costume. Sentir-se sozinho é outra coisa. Cheirando cola, Gato chama São Jorge. São Jorge é brigador e valente, mulherengo, brigão. Santo virador, nem Deus manda nele. Vive lá em cima, como as nuvens, e vem quando quer. Desce de lá, feito chuva. A chuva o espanta, molha a sua lança.

Esta noite, não virá. Está na cara.

Mas na noite seguinte, bem tarde, Gato desperta chamado pelo rugido de um motor que vem de longe, lá de onde o vento vira; e vê uma fumacinha vermelha que atravessa o céu. Lá vem o inimigo do dragão da infelicidade, São Jorge aparece, capacete e plumagem de guerra, lança em riste, nas ancas de uma moto Yamaha: Gato sobe de um salto e se deixa levar, abraçado à couraça de ferro do santo guerreiro.

A moto alada o leva para a caçada. A lança de São Jorge abre caminho e atravessa a cidade e a noite, viajando contra o vento, na direção da sorte.

Está amanhecendo quando aterrissam numa praça desconhecida. Gato fica, o santo vai embora.

A praça, redonda, vasto anel de portais, ergue-se sobre as luzes, ainda acesas, da cidade que se espreguiça aos seus pés. Gato perambula sem rumo pelo círculo de colunas. Todos os lampiões estão apagados e todas as portas estão fechadas, há anos ou séculos, nesta montanha sem ninguém. E depois de andar um pouco, Gato descobre alguém.

Vê de costas: uma figura humana sentada num banco.

Gato chega perto, encolhido, empunhando uma barra de ferro. Mas antes que dê o golpe, a figura desliza e cai.

Gato se assusta com a morte; mas com os mortos, não. A morte não está nos mortos. Ela morde, come e vai embora.

Olha de perto, apalpa. Um cavalheiro gelado, de bigodes bem aparados, estendido sobre o próprio sangue, o cabo de um punhal cravado no peito. Os olhos abertos do defunto, grandes feito ovos, perguntam por quê.

Até agora, Gato havia visto mortos desses que vão-se embora deste mundo sem levar nem um pau para se defender, nem um lenço para se consolar, nem uma moeda para pagar os pecados; mas este cadáver é um presente de Natal. Tem anel de diamante e relógio de ouro, e no bolso, uma rechonchuda carteira de couro de jacaré.

O que fará, com tanto?

Rasgará a noite, pagando bebidas para a cidade inteira.

Comprará uma praia.

Alugará um estádio, num domingo, e os melhores do mundo jogarão só para ele no estádio vazio, ele sozinho, sentando numa poltrona dentro da tribuna especial, fumando um charuto.

Entrará no restaurante mais caro, só de espelhos, céu de cristais, e mandará que sirvam em sua mesa todos os pratos do menu.

Na varanda, aberta ao sol, o prefeito sua em bicas. Lá embaixo ecoa, clamoroso, um mar de crianças esfarrapadas, espuma de mãos erguidas ao céu: disfarçado de Papai Noel, o prefeito joga brinquedos lá do alto.

Chovem brinquedos sobre a garotada alvoroçada; também as crianças pobres têm direito à alegria. Os afortunados se lançam, abrindo espaço com as mãos, insultando-se, batendo-se, pisoteando-se. Uma boneca de tamanho natural derruba vários; um projétil espacial dá em plena testa de um menino; os caramelos caem feito pedradas.

Gato olha, de longe. Ele tem um pião e um segredo.

Nos sinais de trânsito, meninos sábios em dribles oferecem cigarros de contrabando, e também tubinhos de oxigênio imprescindíveis na bolsa da dama e no bolso do cavalheiro.

Gato cumprimenta um par de conhecidos e continua caminhando, fazendo que não está nem aí:

– *Tudo bem?*

– *Tudo.*

Gato sabe: se mostrar, morre.

Mas não consegue resistir à tentação. Uma vitrine mágica é mais poderosa que ele, e Gato entra para comprar uma televisão imensa como cinema.

Proclamam as rádios, a televisão, os jornais: *Após fulminante investigação, a polícia capturou o assassino do empresário que apareceu morto nos portais da praça do Silêncio. Trata-se de um menor de idade, autor de numerosos delitos, sem domicílio conhecido nem...*

Nome, não tem. Idade, não sabe. Quem vai saber o dia em que chegou ao mundo? Ele diz que nasceu num 29 de fevereiro, porque detesta aniversário.

Com um número no peito, Gato enfrenta o olho negro da câmara. Explode o clarão do magnésio, escuta-se o abre-fecha do diafragma.

Janela sobre a cidade (I)

Debaixo dos portais da praça, um faquir já engoliu várias colheres e está engolindo agora uma mangueira de regar jardins, enquanto suas mulheres tocam flautas e pandeiros e algumas pessoas atiram moedas.

Deitado num canto, alguém move os dedos no ar. Os dedos bailam, como se tocassem um pistom. Do pistom invisível nasce uma música triste.

Uma velha em farrapos anuncia sua poção mágica contra a pobreza, o melhor presente de Natal, a cem, cem o vidrinho, quem comprou se salvou, quem duvidou se estrepou. Ninguém a ouve. A mil, a mil, anuncia um profeta a iminente visita do Messias, e a multidão clama:

– *Je-sus!*

Junto do profeta, um leão ruge. Cada vez que o profeta puxa seu rabo, o leão ruge. A mil, a mil, oferece o profeta, passem, senhores, entrem, entrem, os eleitos o verão, o escutarão, é mil, só mil, entrem, entrem:

– *Um forte aplauso, que ele está chegando! está descendo! Está chegando!*

– *Je-sus! Je-sus!,* vocifera a praça, e os rugidos do leão acompanham os gritos e os aplausos das pessoas que batem palmas com os pescoços virados para o céu.

O céu, mascarado pelos gases dos motores, não pode ver a multidão que o vê.

História da segunda visita de Jesus

E então ele desce. Chega pendurado num guarda-chuva aberto. Um vento inesperado o mantém flutuando um tempão sobre o aglomerado de gente. Agarrado no guarda-chuva com as duas mãos, o filho de Deus não consegue evitar que o vento levante sua camisola e descubra suas humanas vergonhas.

Por causa do vento, cai na fonte. Os devotos, mudos diante do milagre, o veem emergir das águas entre anjinhos de mármore.

Jesus se sacode feito cachorro molhado.

Batepapo, que veste roupa de profeta, aplaude. Dá um puxão no rabo do leão, e o leão ruge. Mas as pessoas assistem ao espetáculo quietas. Quietas e caladas.

Na praça, santuário das aparições, os pobres querem ser ricos
e os ricos querem ser poucos,
e os negros querem ser brancos,
e os brancos querem ser eternos,
e as crianças querem ser grandes
e os grandes querem ser crianças,
e os solteiros querem casar
e os casados querem enviuvar.

– *Habitados habitantes!* – clama Jesus. – *Ontem direi o que digo! Os senhores estamos loucos!*

Todos contemplam, vesgos de espanto, o gotejante espantalho que agita seus longos braços ou pás de moinho e salpica água e pergunta esquisitices:

– *Olhando o céu vocês vão ganhar o Paraíso ou vão ganhar um torcicolo? Onde está o reino, senão no exílio que o busca?*

Batepapo aplaude, sem vontade e sem eco, e faz o leão rugir. O filho de Deus vira-se para a fera, que ficou de boca aberta, e apontando-a se dirige a todos como se fossem um só:

– *Se a fera te ataca, o que farás? Rezarás? Te resignarás, e que seja feita a vontade de Deus? Ou subirás numa árvore? Papai não gosta que o usem como desculpa para a covardia ou para a estupidez.*

O leão olha, estuda. Na multidão nascem rumores inimigos.

– *Não é ele não* – murmura uma senhora, olhando feio para o esfarrapado messias grávido de cerveja. – *Eu vi Jesus na televisão e era igualzinho ao Burt Lancaster.*

– *O exílio está em vocês, e o reino também* – insiste o enviado do Senhor, mas os murmúrios crescem e já se ouvem os primeiros gritos:

– *Sangra! Prova que é Deus! Que brote sangue nas costelas!*

Impassível, Jesus continua:

– O *olho que não se vê é o olho que vê.*

– *Eu não vejo nada* – murmura dona Pouca, que se meteu nesta barafunda enquanto caminhava, tateando, até sua atalaia no café.

Apertados pela multidão, os vendedores abrem caminho a cotoveladas e anunciam suas mercadorias, *amendoiííííím, olhaaíí, amendoiíím torradííínhooo, sorveeeete, picolééééé,* enquanto a desconfiança vira fúria contra este redentor barrigudo, cujo único adorno é um galo na cabeça calva e que não oferece lasquinhas da santa cruz, nem espinhos da coroa, nem nada. Um bombardeio de clamores:

– *Sangra! Quero ver sangrar!*

– *Quero ver comer uma barata viva!*

– *Impostor!*

– *Quero meu dinheiro de volta!*

Mas então explode uma discussão no meio da multidão e por um instante a maré de fúria se distrai: há quem garanta que

o genuíno Jesus foi morto pelos italianos, e outros garantem que foram os judeus. Há quem jure que ressuscitou no sábado de Glória e outros sabem que isso aconteceu no domingo, às dez em ponto da manhã.

Jesus aproveita a efêmera trégua e escapole do caldeirão.

Está de pé, erguido sobre as rochas, dando a cara para o mar que o molha de espuma. Sobre seu ombro dorme uma gaivota.

Chego perto, por trás. Ele não se move, nem a gaivota.

Depois, senta-se num rochedo e afunda a cabeça entre os joelhos. Parece que ele se queixa:

– *Eles me odeiam porque acham que me devem favores.*

Eu me sento ao seu lado. Ele ergue o rosto contra o vento.

– *A gente não aprende* – diz, sem olhar para mim. – *Bem que meu pai me proibiu de voltar.*

Afunda os dedos na barba desfiada:

– *Ele não gosta deles, porque acha que são quase bons. E o Diabo também não, porque acha que são quase maus.*

Jesus é tão parecido ao meu amigo perdido, o domador de pulgas, que quase chamo:

– *Dudu.*

E penso que meu país é que nem um lenço, um lenço dobrado. Mas ele me olha, e suas pupilas refletem uma paisagem que não é deste mundo, lampejos de um lugar sem limites que nem o sol conhece.

– *Daqui a pouco vou fazer trinta e três anos* – diz.

A gaivota adormecida começa a voar, se perde no céu.

– *Depois de morto, eles vão me escutar* – diz. – *Aqui na Terra é assim.*

Pega um punhado de areia, deixa cair aos pouquinhos.

Regressamos à praça. Passam algumas pessoas, cada qual no ir e vir de suas coisas, mas ninguém presta a menor atenção em nós.

– *Queriam que eu me atirasse sem guarda-chuva* – suspira Jesus na frente da fonte. – *Picadinho de Deus.*

E sorri triste para a foto. Posamos juntos, debaixo de uma palmeira, O fotógrafo, encapuzado em sua câmara de caixote, puxa a cordinha do disparador. Depois realiza algumas operações misteriosas na escuridão, extrai o negativo, seca-o no ar e torna a meter a cabeça no capuz.

Quando a fotografia emerge do balde de água e chega, enfim, às minhas mãos, descubro que estou sozinho. Ninguém aparece ao meu lado naquela fotografia. Ninguém, a não ser a palmeira.

Janela sobre o castigo

Era Natal, e um senhor suíço havia dado um relógio suíço de presente ao seu filho suíço.

O menino desmontou o relógio em cima da sua cama. E estava brincando com os ponteiros, com a mola, com o vidro, a corda e as outras engrenagens quando o pai descobriu e deu-lhe uma tremenda surra.

Até então, Nicole Rouan e seu irmão haviam sido inimigos. A partir daquele Natal, o primeiro Natal do qual ela se lembra, os dois foram amigos para sempre. Naquele dia, Nicole soube que ela também seria castigada, ao longo de seus anos, porque em vez de perguntar as horas aos relógios do mundo, perguntaria a eles como são por dentro.

História de outro dia no café

Batepapo entra sem bengala.

Fuma numa piteira, bebe conhaque francês. Não usa mais roupas de palhaço ou de profeta. Já faz um tempinho que exibe um impecável terno branco, sapatos combinando e gravata com prendedor de ouro.

O leão está ocupado, longe daqui. Batepapo não o vende mais: agora, aluga. Teve essa ideia quando um malandro barra-pesada veio contratá-lo para que a fera se encarregasse de uma noiva infiel. Desde então, Batepapo resolve os problemas de moradia dos casais em maré baixa e das famílias numerosas.

De Jesus, ou Dudu, ou sei lá o nome, não soube mais nada, nem me atrevi a perguntar. Imagino que esteja em alguma pousada de Deus descansando. Na verdade, até que um ou dois conselhos teriam caído bem, mas não deu tempo.

Isso me acontece por ser quieto. Se as palavras engordassem, com todas as que engulo, não caberia no mundo. Trabalho no que for, no que der, sempre sem abrir a boca, e calado passo o resto

do tempo, aqui, no café, dias sem graça, noites sem festa, e desse jeito vou pisando na água meus passos sem pegada.

Hoje Prudêncio me conta que foi contrabandista de diamantes. E está Prudêncio atravessando a selva quando descobre a mulher mais bela do mundo, nua no rio, e por tê-la visto, é castigado. O pai da belíssima, um anão de três pernas, corpo de réptil e rabo de espinho, dá um tiro na barriga de Prudêncio.

Acho que estou começando a acreditar nele.

A chuva metralha as janelas do café.

Hoje há uma densidade estranha no ar. Uma fumaça, que não é só de cigarros, flutua no ar e amarela a escuridão do café e a pele de pergaminho antigo de dona Pouca.

Sentado na mesa vizinha, nesta tarde compartilho sua janela. Vejo dona Pouca de perto. Ela está vestida como nunca, sedas negras e rendas esgarçadas recuperadas do fundo de algum velho baú, e é envolta pelo aroma de um raminho de violetas que leva na lapela. De óculos novos, dona Pouca contempla a chuva que golpeia os portões da estação morta.

A senhora não chega da estação: mais que entrar, aparece, como uma emanação da fumaça ou da chuva.

Senta-se na mesa de dona Pouca, se inclina, aperta suas mãos. Tem cabelos de cinza e é miúda e encolhida como ela. Eu a escuto sussurrar, ou creio que escuto:

– *Cheguei.*

Dona Pouca, perplexa, safa as mãos e pergunta:

– *A senhora também é aposentada?*

A recém-chegada move lentamente a cabeça, balbucia:

– *Passaram-se muitos anos, mas cheguei.*

– *Nós, as aposentadas, somos muito maltratadas aqui* – murmura dona Pouca.

A mulher fala com um fiapo de voz:

– *Você não está mais sozinha* – diz.

E dona Pouca:

– *A senhora tem filhos? Eu tenho uma filha, a que me sobrou. Ela mora muito longe daqui.*

E apontando para a estação, diz, como um segredo:

– *Ela está vindo aí, hoje ou amanhã.*

A mulher vira a cabeça e eu encontro seu olhar. Ela baixa os olhos.

Janela sobre a cidade (II)

Estou sozinho na cidade estrangeira, e não conheço ninguém, e não entendo a língua que falam. Mas alguém brilha, de repente, no meio da multidão, como de repente brilha uma palavra perdida na página ou uma graminha qualquer na cabeleira da terra.

História do outro

Você prepara o café da manhã, como todo dia.

Como todo dia, você leva seu filho até a escola.

Como todo dia.

E então, o vê. Na esquina, refletido numa poça, contra a calçada; quase é atropelada por um caminhão.

Depois, você vai para o trabalho. E o vê novamente, na janela de um botequim medonho, e o vê na multidão que a boca do metrô devora e vomita.

Ao anoitecer, seu marido passa para buscá-la. E no caminho de casa vão os dois, calados, respirando o veneno do ar, quando você torna a vê-lo no turbilhão das ruas: esse corpo, essa cara que sem palavras pergunta e chama.

E desde então você o vê com os olhos abertos, em tudo que olha, e o vê com os olhos fechados, em tudo que pensa; e o toca com seus olhos.

Este homem vem de algum lugar que não é este lugar e de algum tempo que não é este tempo. Você, mãe de, mulher de, é a única que o vê, a única que pode vê-lo. Você já não tem mais fome de ninguém, fome de nada, mas cada vez que ele aparece e se desvanece, você sente uma irremediável necessidade de rir e chorar os risos e os prantos que engoliu ao longo de tantos longos anos, risos perigosos, prantos proibidos, segredos escondidos em quem sabe que cantos de seus cantos.

E quando chega a noite, enquanto seu marido dorme, você vira de costas e sonha que desperta.

Janela sobre a nuca

As coisas são donas dos donos das coisas e eu não encontro minha cara no espelho. Falo o que não digo. Estou, mas não sou. E entro num trem que me leva aonde não vou, num país exilado de mim.

Janela sobre a cara

Uma máquina boba?

Uma carta que ignora seu remetente e se engana de destino?

Uma bala perdida, que algum deus disparou por engano?

Viemos de um ovo muito menor que uma cabeça de alfinete, e habitamos uma pedra que gira em torno de uma estrela anã e que contra essa estrela, algum dia, irá se espatifar.

Mas fomos feitos de luz, além de carbono e oxigênio e merda e morte e outras coisas, e enfim estamos aqui desde que a beleza do universo precisou de alguém que a visse.

História da andarilha da água, que viajou rio adentro e noite afora

Foi sempre ida. Mas voltava. Foi dada por afogada várias vezes; mas voltava.

A família queria educá-la.

– *Respira, menina* – diziam. – *Ouça a professora, ela sabe.*

E diziam:

– *Respirar é uma coisa que só faz bem.*

Entre o ar e a água, ela preferia a água; e não havia maneira de alguém conseguir corrigir aquela mania. Ao entardecer, afundava no rio Olimar, e lá no fundo ficava e ia. A lua abria caminho na noite da água, e as pedras polidas do rio eram as estrelas de um céu pelo avesso; a menina as via passar, e via passarem os peixes, e os braços das algas que cumprimentavam, e naquela luminosa escuridão ninguém podia encontrá-la e ela não precisava obedecer ninguém.

No molhado, Garua existia. No seco, não. No seco, queria dormir. Dormir e nada mais. Deitada entre as cobertas, sonhava que cavalgava um peixe-espada que virava tubarão, o tubarão virava baleia, a baleia era uma ilha, a ilha se soltava do mundo. E a bordo da ilha, Garua navegava pelas ondas do céu.

E navegou. Mas não desse jeito. Comentou-se pelos cantos. Nas noites de frio, os homens ficam de cócoras, cobertos pelos ponchos, ao redor do fogo. Em rodas de chimarrão e aguardente,

fumam e contam mentiras que dizem a verdade. E assim se vingam do frio e da bobagem de viver, e assim passam o tempo que o dia juntou para que a noite o perdesse.

Garua era tema das fogueiras. Alguns não gostavam da machona que nunca havia prendido os cabelos nem pedido uma boneca; outros eram curiosos pela sereia e havia quem admirasse a amazona das águas.

Nas fogueiras dizia-se que Garua caçava patos pelas patas. Os caçava na lagoa, debaixo da água. Mergulhada, sem pôr a cabeça para fora, Garua ia amarrando as patas dos patos com um barbante comprido. Quanto havia agarrado uma boa quantidade, dava um puxão lá das profundidades e nadando levava os patos para a margem. Eles chegavam prontos para serem depenados.

Até que um dia, contou-se nas fogueiras, um pato recém-amarrado se assustou e começou a voar e o bando inteiro voou atrás dele, e atrás dos patos voou Garua, agarrada no barbante.

Nas fogueiras soube-se que a mãe a viu passar, presa na cauda daquela grande pipa de patos que ia ganhando os céus; e viu como ela se perdia nas alturas.

Garua passou pelo bem-te-vi, que cantou o próprio nome, e conseguiu reconhecê-lo, apesar do alvoroço dos patos em fuga. E continuou subindo, e voou sobre os rios desenhados no mapa da escola, e lá de cima viu as costas da águia roxa e lá de longe a Terra tinha carne vermelha e pele verde e veias azuis.

E Garua, agarrada nos patos, foi se afastando. Tudo parecia cada vez mais remoto e tudo ia se encolhendo, até que as vozes do mundo se apagaram e o mundo foi coberto pelas nuvens. Garua apertou o barbante com toda força e entrou num silêncio branco, onde só se ouvia o rufar das asas dos patos voando, enquanto as nuvens nadavam, mudas, na serenidade.

A flecha dos patos atravessou aquele mar de algodão e então o céu abriu-se e Garua subiu pelas cores, do celeste ao violeta, e se meteu na noite e voou, noite afora, até a lua.

Viajando a caminho da lua, Garua passou pela estrela cadente, que andava buscando a terra perdida.

e viu o guerreiro do deserto, a carabina feito bengala, subindo,

e viu o raio que explodia respondendo a sede do milho,

e viu o Grande Cão em seu trono, rodeado por uma corte de cachorrinhos alados,

e viu o arco-íris rompendo a noite

e viu a mulher que voava com asas de urubu

e viu caírem as chaves do reino dos céus

e viu o arcanjo soltando-se de uma corda

e viu São Jorge descendo numa motocicleta, lança em riste,

e viu Jesus agarrado num guarda-chuva aberto.

Não viu os luneiros invisíveis viajando para o mundo num escorregador, mas viu a lua. A lua, que envia ao mundo a música e a loucura. A lua, que transfigura os delfins e guia os andares das crianças pelo fundo dos rios.

Janela sobre a utopia

Ela está no horizonte – diz Fernando Birri. – Me aproximo dois passos, ela se afasta dois passos. Caminho dez passos e o horizonte corre dez passos. Por mais que eu caminhe, jamais a alcançarei. Para que serve a utopia? Serve para isso: para caminhar.

Janela sobre a memória (IV)

Debaixo do mar viaja o canto das baleias, que cantam se chamando.

Pelos ares viaja o assovio do caminhante, que busca teto e mulher para fazer a noite.

E pelo mundo e pelos anos, viaja a avó.

A avó viaja perguntando:

– *Quanto falta?*

Ela se deixa levar do telhado da casa e navega sobre a Terra. Sua barca viaja para a infância e para o nascimento e para antes:

– *Quanto falta para chegar?*

A avó Raquel está cega, mas enquanto viaja vê os tempos idos, vê os campos perdidos: lá onde as galinhas põem ovos de avestruz, os tomates são como abóboras e não há trevos que não tenham quatro folhas.

Cravada em sua cadeira, muito penteada e muito limpinha e engomadinha, a avó viaja sua viagem pelo avesso e convida nós todos:

– *Não tenham medo* – diz. – *Eu não tenho medo.*

E a leve barca desliza pela Terra e pelo tempo.

– *Falta muito?* – pergunta a avó, enquanto vai.

Janela sobre a memória (V)

A luz das estrelas mortas viaja, e pelo voo de seu fulgor nós as vemos vivas.

A viola, que não esquece quem foi seu companheiro, soa sem que seja tocada por mão alguma.

Viaja a voz, que sem a boca continua.

Índice

IMPRESSÃO:

PALLOTTI
GRÁFICA

Santa Maria - RS | Fone: (55) 3220.4500
www.graficapallotti.com.br